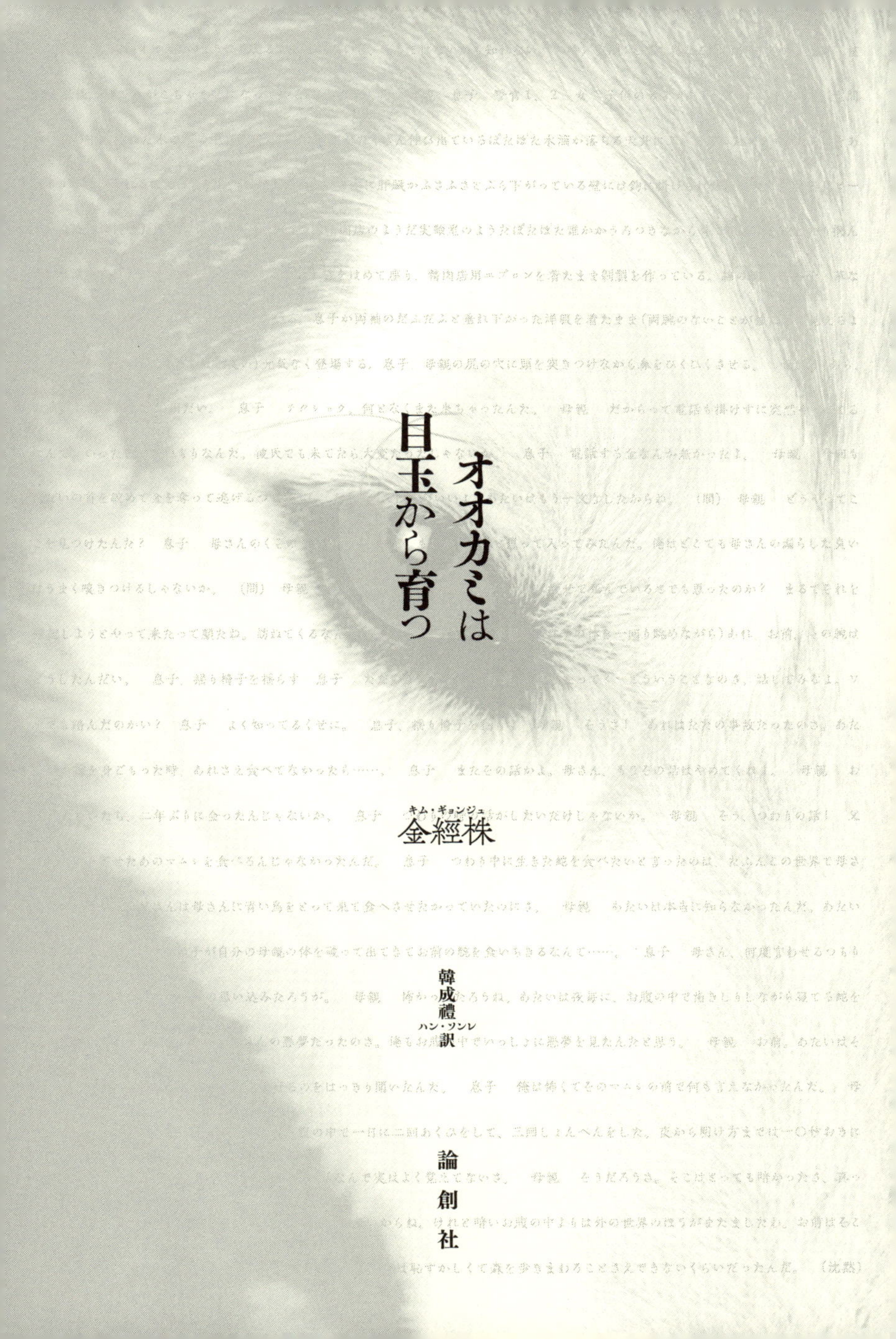

オオカミは目玉から育つ

金經株《キム・ギョンジュ》

韓成禮《ハン・ソンレ》訳

論創社

This book is published under the support of Literature Translation Institute of Korea (LTI Korea).

目次

オオカミは目玉から育つ

この劇では、人がオオカミのように見えるかも知れないし、そうではないかも知れない。

時／空間：とても異なる時間が衝突する時間
　　核戦争以後。種と系がごちゃまぜになっている。

登場人物

母親
息子
警官1、2
女
子どものオオカミ1、2（ぬいぐるみ）

空間

暗い森の中、
枯れた木の根の中
真っ暗だ
あちこち根がたくさん伸び出ている

ぽたぽた

水滴が
落ちる

天井にぶら下がったコウモリたち
口をあける
ヨダレが垂れる
ぽたぽた

窓の外は
暗くて水っぽい木に
肝臓が
ふさふさと
ぶら下がっている

壁には
鉤に掛けられた
剝製たち

実験器具
ビーカーの液体に浸した内臓
血の付いたキャビネット

精肉店のようだ
実験室のようだ

ぽたぽた

誰かが
うろつきながら
外で
取っ手を
放したり
摑んだり

水滴の音

ぽたぽた

第一幕

母親、皮の手袋をはめて座り、精肉店用エプロンを着たまま剥製を作っている。綿の塊、鉄格子、革などが、冷凍庫とテレビの近くに積まれている。

息子が両袖のだぶだぶと垂れ下がった洋服を着たまま（両腕のないことが強調して見えるように大きくてだぶだぶであるほど良い）元気なく登場する。息子、母親の尻の穴に頭を突きつけながら鼻をひくひくさせる。

母親　あら、お前。お前が家に何の用だい。

息子　チクショウ。何となくまた来ちゃったんだ。

母親　だからって電話も掛けずに突然やってくるなんて、いったい何のつもりなんだ。彼氏でも来てたら大変だったじゃないか。

息子　電話する金なんか無かったよ。

母親　今回もあたいの首を絞めて金を奪って逃げるつもりなら、あきらめたほうがいいよ。あたいはもう一文なしだからね。

（間）

母親　どうやってここを見つけたんだ？

息子　母さんのくその臭いがしたもんで、もしかしたらと思って入ってみたんだ。俺はどこでも母さんの漏らした臭いはうまく嗅ぎつけるじゃないか。

（間）

母親　口を開けたまま、あたいがガリガリに痩せて死んでいるとでも思ったのか？　まるでそれを確認しようとやって来たって顔だね。訪ねてくるなんてひどいじゃないか。（息子の体を一回り眺めながら）あれ、お前。その腕はどうしたんだい。

息子、揺り椅子を揺らす。

息子　ただの事故だよ。

母親　事故だって？　どういうことなのさ。話してみなよ。罠でも踏んだのかい？
息子　よく知ってるくせに。

息子、揺り椅子を揺らす。

母親　そうさ！　あれはただの事故だったのさ。あたいがお前を身ごもった時、あれさえ食べてなかったら……。
息子　またその話かよ。母さん、もうその話はやめてくれよ。
母親　お前。あたいたち、二年ぶりに会ったんじゃないか。
息子　つわりの時の話がしたいだけじゃないか。
母親　そう、つわりの話！　父さんの取り寄せたあのマムシを食べるんじゃなかったんだ。
息子　つわり中に生きた蛇を食べたいと言ったのは、たぶんこの世界で母さんだけだと思う。父さんは母さんに青い鳥をとって来て食べさせたがっていたのにさ。
母親　あたいは本当に知らなかったんだ。あたいのお腹の中であのマムシの子が自分の母親の体を破って出てきてお前の腕を食いちぎるなんて……。
息子　母さん、何度言わせるつもりなんだ。それはただの母さんの思い込みだろうが。

母親　怖かっただろうね。あたいは夜毎に、お腹の中で歯ぎしりしながら寝てる蛇を感じてたんだ。

息子　それは母さんの悪夢だったのさ。俺もお腹の中でいっしょに悪夢を見たんだと思う。

母親　お前。あたいはその日、あたいの体の中でお前が悲鳴をあげるのをはっきり聞いたんだ。

息子　俺は怖くてそのマムシの前で何も言えなかったんだ。

母親　あたいは覚えてる。お前はあたいのお腹の中で一日に二回あくびをして、三回しょんべんをした。夜から明け方までは一〇秒おきに泣く練習をしてたんだ。

息子　あんまり古い話なんで実はよく覚えてないさ。

母親　そうだろうさ。そこはとっても暗かったさ、真っ暗だったと思う。あたいももうそこにいた頃の記憶は無いからね。けれど暗いお腹の中よりは外の世界のほうがまだましだわ。お前はそこにいた時、小さな拳で中からしきりに叩いてたんだ。あたいは恥ずかしくて森を歩きまわることさえできないくらいだったんだ。

（沈黙）

母親　でもお前の父さんはあたいのお腹の中で鳥が飛びまわってるって喜んでたんだ。

息子、いきなり仏頂面になる。

家の中にある剝製を見回しながら、

息子　今も死んだ獣を拾ってくるのかよ？

母親　そうだったらどんなにいいだろうね。全滅でもしたのか全く見かけないんだ。車に轢かれたり、罠にかかって死んだ獣すら見当らないのさ。尻の穴が干上がるほどなんだよ。こんなに空腹をかかえて生きるくらいなら剝製になったほうがましだわ。

息子　そうだね。俺もむしろ剝製になってたら良かったぜ。

母親　（情けなさそうに見つめながら）剝製だったら外に出して売るくらいはできたんだけどね。（息子にちらりと視線を向けて）ご飯はちゃんと食べてるのか？

息子、首を横に振る。

息子　母さん、目玉がいくつもにらんでるみたいだぜ。

母親　あたいは剥製を作る時、まず一番先に目玉をえぐりとるんだ。すごく気分が悪い。それはお前の目玉を見るたびにあたいが思うことでもあるのさ。
息子　腐ったりはしないのか？
母親　ちゃんと防腐処理をするからね。
息子　内臓を一切れも残さずにえぐりとった後で綿を入れてやったんだね。
母親　（笑いながら）たぶん生きている時より中がもっと温かくてふんわりするんだ。

母親、立ち上がって剥製を冷凍庫に入れる。水道の水をコップに一杯入れてくる。

息子　腐ってるよ。
母親　剥製は腐らないよ。絶対に。
息子　吠えたりもしないな。
母親　剥製が吠えたら、どれほど恐ろしいかな。
息子　だよね。剥製だって運命から逃れることはできないぜ。俺の腕はまだ剥製になってないだろ？　どこにあるんだ？
母親　またお前の腕の話をするつもりなのかい。お前の腕はここにはないんだ。
息子　俺の腕はここにあるさ。

母親　バカ言いなさい。二年ぶりに帰ってきて言うことはそれしかないのか。あたいの中にいるお前にちっとも似てない女がお前を警察に通報するかもしれないんだ。
息子　俺の両腕を取りに来たんだよ。
母親　腕の話だったらもうよしなさい。そんなものここにはないのさ。
息子　腕はここにあるぜ。ここ。

コップの水を、息子の顔にかける。

母親　よせってば。
息子　耳を澄ませてみな。音が聞こえるんだ。聞こえるだろう?
母親　お願いだから本当にやめなよ!
「チューチュー。チューチュー。チューチュー」
母親　やだ、ネズミだね。四方八方ネズミがうじゃうじゃ。すごく繁殖力が強くてさ、罠を仕掛けておかなきゃだめだ。あたいはネズミが嫌いなんだ。大嫌いなんだ。

母親、ネズミ取りをあちこちに仕掛ける。
息子、落ち着きなくあちこち歩きまわる。

（間）

母親　今まで髪の毛がずいぶん伸びたね。こっちに来て座ってみなよ。
息子　やだよ。自然に順応しようとしたら本来の保護色が必要なんだよ。
母親　こっち来て座りなさい。ハヤク！

息子、揺り椅子のほうへ行ってどっと座り込む。
母親、ハサミを持って髪の毛を切りながら、
誤って息子の耳を切る。

息子　（牙をむいて）クーン。
母親　お前はまだ若くて野生が残っているからどこででも自分を表現する時には鋭い牙を見せてやればいいよ。だけどそれが主人を嚙むこともあり得るって思わせてはいけないんだ。おとなしくしていたほうがいいよ。誰でも裏切り者を簡単に赦せ

る人はなかなかいないからね。お前を受け入れるということはそう、そう。かなり実、験、的なのかもしれないよ。

息子　やだ。やりたくない！

母親　そう？

　　　また、反対側の耳に傷をつける。

息子　クーン！

母親　ごめんね。耳がじゃまなんだ。この耳さえなけりゃ散髪は本当に簡単なのにさ。

息子　母さん！

母親　わかったよ。気をつけるから。（注意深くハサミを入れる）今回は、どんな女に会ってこんなに長くかかったんだい？

息子　目の見えない女だったよ。

母親　盲人っていうこと？

息子　そうさ。その女の前でズボンを下ろしたんだ。そして俺のモノを触ってみろって言ったんだ。

母親、ハサミで何かを切るまねをして微笑む。

母親　まさかその女にあげちゃったんじゃないのか？

息子　いや。あげなかったよ。

母親　よかった。大事に守ってきたもんなのに街の女にやるくらいならあたいにちょうだいよ。

（間）

母親　さて……その女はどんな女なんだい？　目が見えないくらいは別に問題にもならないよ。キスはしてみたのか？

息子　誰かの口の中に舌を入れてみたのは初めてだったよ。

母親　（笑いながら）あたいは違うよ。

息子　女の故郷に挨拶しに行ってきたよ。ところがね、家族全員が目が見えないんだ。

母親　本当？　素敵なお前の顔を誰も見られなかったのか。まあ、お前の姿を見たら気を失ったかもね。

息子　テレビを見ていて俺が現れたから手探りで壁にそって俺のほうに近づいてきたよ。

母親　そうなのかい。

息子　一人ずつ俺の顔をずいぶん長い間しきりにいじくりまわしてたよ。上座を譲りながら気楽に座りなさいとも言われたんだ。それから両手を差し出して俺に丁寧に握手を求めたんだ。

母親　なんて優しい人たちなんだ。きっと手をかたく握って茨の人生をくぐり抜ける方法なんかを教えてくれたんじゃないのかい？

息子　母さん！　俺は一度も握手をしたことがないんだ。

母親　そうだね。お前は握手したことがないよ。だからといって礼儀をつくせないっていうことじゃないだろうが。それでどうしたのさ？

息子　（椅子に座ったまま二本の脚を上げ）二本の脚を上げて彼らの手の上に丁寧に載せたのさ。

母親　（二本の脚を手で受けて）よくやったじゃないか。脚だの手だのあたいたちには同じだからね。

息子　俺の脚を床にそっと下ろした後、俺の手を一度握りたいと言ったんだ。

母親　そうだね。仲の良い家庭はお互いによく手を握り合うって言うよ。

息子　（脚を上げながら）うん、俺もそうしたんだ。それで二回目も二本の脚を掌に丁寧に載せたんだ。

母親　（二本の脚を受けながら）丁寧に？

息子　うん。別れろって言われたんだ。今すぐこの家から出て行けとも言われたんだ。

母親　出て行けだって？　いったいどういうことなんだい？　初対面のお前にそんな対応をするなんてさ。

息子　自分の娘には涙を拭いてくれる男が必要だって言ってたよ。

母親　ふざけた奴らだ！　それでお前はどうしたんだ？

息子　すでに十分に二本の脚で拭いてやってるって言ってやったぜ。

母親　必要なら今すぐにでも見せることが出来るって言えばよかったのにさ。

息子　あっ！　そこまでは思いつかなかったぜ。やっぱり俺は母さんに比べたらまだその足元にも及ばないな。

母親　バカ。で、今回も振られたわけなのか？

息子　二人で暮らしながら苦しい時にはどうやって乗り越えるのかって聞かれたんだ。

母親　ゆっくり考えてメールとか手紙で答えますって言えばよかったのにね。

息子　今すぐに答えろって言われたんだよ。

母親　立派に答えるべきだったのにね。

息子　俺が泣く時は、涙を流さないって彼女に言うつもりだ。彼女が泣く時は、涙が見えないって言うつもりなんだ。こう言ったんだ。

母親　立派だけどお前を婿に貰ったらその人たちはきっと死んでも目を閉じることができないだろうね。

（間）

母親　そう。結局、別れたんだ。両腕がないからなのか？
息子　そういうことだろうね。
母親　何事もそう簡単に諦めてしまうから問題なのさ。最後まで彼らの脚でも掴んで泣きついたらよかったのにね。
息子　母さん俺はそんなこと母さんから教わったことないんだけどね。
母親　本当に融通が利かないんだから。次からは必要なら手だけじゃなく、足の裏まですり合わせてすがりなさい。そんな弱虫だったら、どこでご飯を食べさせてもらえるんだ。
息子　これからはご飯を食べさせてもらえなくても涙を流さない女に会ったほうがいいさ。
母親　涙を流さない女なんていないさ。
息子　それじゃ自分で涙を拭ける女に会うよ。

母親　そんな女はお前みたいなできそこないを好きになるはずがないよ。

息子　できそこない？　そうさ。母さん！　でも俺があの家を出る前に足の爪をあげたら皆、涙を流したんだ。

母親、蛇口から水をもう一杯注いで、テレビのリモコンのボタンを押す。

母親　テレビの連続ドラマをまた見始めたからだろ。家族がみんな集まって座って、涙を流す時なんて言うのは。

息子　怖気づいて壁の隅っこに集まったんだ。ウジムシみたいにね。

母親　お前の声はどうだったの？

息子　俺はしきりに唸ってたよ。

母親　（リモコンを投げて）お前、あたいを抱いておくれ。

母親、息子を堅く抱きしめる。

母親　もっと強く。

息子　いきなりどうしたんだ？　母さん！

母親　（笑いながら）そう。その人たちの涙は拭いてやってから出てきたのかい？

息子　当たり前だよ。皆片方に座るように言ってから二本の脚で拭いてやったぜ。

母親　よくやったよ。お前。お前が誰かわからなかったとしても確実に殺すべきだった。

息子　ちゃんと処理したのかい？

母親　まだ牙に血がついてるかな？

アーンしてごらん。

息子、口を開ける。

息子　アーン。

母親　三番目の牙に肉が少しついてる。残りはどうしたんだ？

息子　近所の犬たちに投げてやったよ。

母親　よくやったよ。お前。

息子を引き寄せて抱く。息子、いきなり仏頂面になる。

母親　どうしたんだ？　お前。

息子　何でもないさ。歩きまわりながら生《なま》ものばかり食ってたから頭が痛いんだよ。
母親　（水を飲ませながら）水で口を濯ぎなさい。

息子、口の中を濯ぐ。

息子、ばたんと床に横になる。

母親、冷凍庫から札束を取り出して床に隠し、蛇口から水を出してもう一杯息子に飲ませる。

しばらくして母親、息子の様子を探り始める。

母親　お前。お前もこれからはもううろつかないで家のことを少し手伝うときが来たんじゃないのかい？
息子　俺の体を見てくれよ。こんな体で何ができるんだよ。
母親　お前の体が何だって言うんだ。たかが腕が二本ないだけじゃないか。それ以外は全部正常だよ。そんなに落胆しちゃだめだ。世の中には口だけで出来る仕事なんていくらでもあるじゃないか。
息子　俺は詐欺師にはなれないよ。この前みたいに、すぐばれちゃうから。

母親、工具箱から金槌を取ってきて、

母親　練習が足りないせいだ。この前のように練習の途中で逃げ出したりしなければいいんだ。腕がなければ口だけでも生きてなきゃね。

息子　母さん……。

母親　何だい？

息子　俺はもう何もしないつもりだよ。

母親　何を言っているんだ。青天の霹靂だよ。母さんを飢え死にさせるつもりかい？自分の体を犠牲にして恐喝するのってそんなに悪いことじゃないんだよ。お前みたいなできそこないを車で跳ねたら人は同情するもんだよ。お前は車に当たってから苦しがり後で駆け引きすればいいんだからさ。病院のベッドに横になってね。足の指でお金を数えられるんだ。

息子、岩の上に足の指を上げる。
金槌で打ち下ろす瞬間、さっと足を抜く息子。

息子　ちょっと待った！

母親　何でさ？

息子　本当に足の指でお金を数えられるかな。

母親　お札に唾をつけさえすれば簡単だよ。

息子、岩の上に足の指を上げる。

金槌で打ち下ろす瞬間、さっと足を抜く息子。

金槌を投げる母親。

息子　この前、金は十分にせびり取ったじゃないか。

母親　それは二年前に全部使っちゃったんだよ。

息子　サーカス団で口でボールを転がして送ってあげたお金は？

母親　それはお前とサーカス団の見物に行って全部使ったじゃないか。

息子　工場で電球を口で運んで送ってあげたお金は？

母親　それは家中の電球のはめ替えに使ったんだ。

息子　母さん。両腕なしでできる仕事ってそんなに多くないんだ。

母親　口の利き方が若い頃のお前の父さんと同じだね。そっくりさ。女の尻の穴ばっかり追いかけてね一生乞食になる運命だったんだ。

息子　俺に父親がいるのか？
母親　父親のいない人間なんていないさ。あの山の中でうろついてるのがお前の父さんだよ。
息子　（窓の外を眺めながら）見えないよ。
母親　父さんはいつも森の中をうろうろしてるんだ。
息子　父さんは夢想家なのかな？
母親　父さんは詩人だよ。知らなかったのかい？
息子　母さん。俺は父さんに一度も会ったことないんだ。
母親　夜になったら丘に登って尻の穴を持ち上げて声をからして鳴くはずだよ。
息子　幽霊みたいに？
母親　この世が懐かしくて泣くものたちが幽霊ならばそうなのかもね。

息子は窓から外を眺めてしばらく鳴き続ける。

母親　何してるんだ。止めなさい！　今すぐ！　獣が家の中で鳴くなんて。笑いものじゃないか。恥知らずめ！

息子、からから笑いながら、

息子　父さんも母さんの尻の穴を嗅いだのかい？
母親　（微笑んで）お前の父さんもあたいの尻の穴を嗅いだよ。
息子　父さんがそんなことをしたなんて信じられないよ。
母親　あたいたちは寂しいっていう印としてお互いに尻の穴を広げて見せ合ったんだ。
息子　母さん。おかしくてたまらないぜ。
母親　あたいは一九の時、家出をしてさ、行く所がなかったんだ。森の中で寝ていると、お前の父さんが近づいてきて、あたいの尻の穴に鼻を押し付けてひくひくさせたんだよ。それからあたいの耳にこう囁いたのさ。
息子　へえ。何て言ったんだい。
母親　一緒に……暮らそうって……。
息子　騙されたわけなんだ。
母親　お前の父さんは寂しそうに見えたよ。毎晩、あたいのところに来てあたいの尻の穴をしきりになめたんだよ。
息子　ケダモノ！
母親　もともと獣たちって寂しいとお互いに尻の穴を見せ合うものなんだよ。

息子　それくらいは俺も今は用を足しながらもわかるさ。

母親　お前も外をほっつき回って尻の穴で息をする方法を少しは習ったんだね。

息子　それからどうしたんだい？

母親　あたいたちは結局同じ場所で用を足すようになったんだ。いっしょに暮らすということは同じ場所で用を足そうってことなんだ。それからお前と妹たちをここまで銜えて運ぶのにちょうど三〇年間あたいたちは一生懸命よだれを流し続けたの。

（沈黙）

母親　その間にお前の父さんはあたいたちを食べさせるために干し肉工場で、足の指が九本も切断されちゃったんだ。

息子　一年に一本ずつ！

母親　そう。時には半年に一本ずつだったよ。

息子　母さんのアイデアだったんじゃないのか。労災保険金目当てに父さんが機械にすすんで足を入れるようにしたんじゃないのか？　それは今考えてもすごい計画だったぜ。

母親、お尻を振りながら、喜ぶ。

母親　そうだよ。そうしなかったらあたいたちはみんな飢え死にしたはずだよ。

息子　母さん。ところで俺はどうすればいいんだ。両腕なしで生まれたから家族のために何の役にも立たないと思う。

母親　よく考えてみればお前に出来ることが必ずあるはずさ。

息子　悪いことでも考えなきゃだめだな。

母親　そうさ。陰謀とかね。でもお前の陰謀でお前が死ぬかもしれないのが人生なのさ。

息子　どういう意味だ？

母親　お前の父さんが家を出る時に奥歯の一本といっしょに残していったメモに書いてあるんだ。

息子　父さんが？

母親　そうさ。お前の父さんは訳のわからない言葉だけを残して家を出ちゃったんだ。

息子　どうしてさ？

母親　食べていくのも大変なのに家にできそこないを二人もおくなんて出来ないじゃない？

息子　（自分の腕を眺める）……。

母親　……。

息子　だからどうして俺を誘拐したんだ？

母親　誘拐だなんて無茶苦茶言いなさんな。自分の子を誘拐する母親がどこにいるんだ？

息子　俺は誘拐されたんだ。母さんがこの世に俺を誘拐したんだ。かえってお腹の中にいる時のほうがマシだった。

母親　（腹を立てて）あたいはそんなことした覚えはないよ。そしてお前を産まなかったらお前はただあたいの血になったはずだよ。小便と一緒にダラダラと脚のほうに流れ出て捨てられただろうにさ。

息子　広げた脚に流れて下水に流れて行っただろうさ。俺はごみや汚物になるはずだった。でもいい旅だっただろう……。

（間）

息子　けれどもどうせできそこないで出たんじゃないか。（自分の体を見ながら）こんな体で。

母親　いっそのこと俺を殺してくれって生まれてすぐに言えば良かったのにね。生活が

息子　苦しくても産んでやったのにいまさらやって来て言うことといったらお前のような恩知らずとはこれ以上電話で話したくないよ。

母親　母さん！　俺は今母さんの目の前で話してるんだよ！

息子　ごめん。ごめん。あたいはますます気がおかしくなっていくみたいだよ。誰かと話をしたのが数年ぶりだから仕方ないよ。これはみんな貧しいからだったんだ。卑しくなったんだよ。

母親　俺の給料から使ってくれよ！

息子　お前の給料なんてどこにあるんだ？　就職もした事が無いくせに。

母親　あっ、ごめん。ごめん。数年ぶりに人間のまねをして、頭がおかしくなった。

息子　気を付けなよ、お前。獣は人間に向かって歩けば最後には血を見るんだからね。

ゆっくり歩いてゆき、冷凍庫を足でドーンと蹴り、

息子　チクショウ！　人間が獣の中に入れば罠が見えなくなるのにさ。

母親が近づいて、息子の頬を軽くたたく。

母親　（笑いながら）お前……しっかりしろってば！

（間）

母親、赤いタライを引いて来て、自分の髪の毛を切り、毛を抜いて剃り始める。

息子　髪の毛切るのか？
母親　そうだよ。時々こうすれば、自然に近くなる。体を隠すにも良いしね。
息子　親父の奥歯はどこにあるんだよ。
母親　質屋さ。
息子　それも持ち出したんだ。
息子　（鼻を塞いで）くんくん。これは何の臭いかな？
母親　お前の妹たちが怖がって床に小便を漏らしたのかも。
息子　小便の臭いがすごいね。ブルブル震えていたあの目くらどもみたいに。
母親　お前が噛み殺した人たちのことか？　その死体を捜すのに決して長い時間はかからないよ。軍人や警官がウジムシみたいに集まってくるだろう。お前は警官が怖いだろうね？

息子　銃を持ってるからね。

母親　お前の牙の跡が残っているものをあの「中央」に送ったらお前は終身刑だよ。銃を持った人たちがお前を鉄格子に入れて監視するだろう。だからあたいを手伝ったほうがいいよ。

息子　やだよ。

母親　銃だよ。ダーン、ダーン、ダーン。

息子　お願いだからその声、もう止めてくれよ。俺は銃が嫌いだ。俺は銃声が嫌いなんだ。銃声が聞こえると、俺はまともじゃいられなくなるんだ。

（影絵芝居：鳥が飛んでいる。銃声が響くと虚空から墜落する。獣が走る。銃声が響くとヘナヘナと倒れる。乱舞する銃声）

息子　わかったよ。母さんはいつも俺が逃げられないようにするんだ。俺はまだまだ母さんにはかなわないよ。

母親　世の中のどんな夜も銃声が完全に消えたことはなかったんだ。

息子　泣き声もね。

鉄の鳥篭の中で子どもたちがうんうん唸っている。母親が子どもたちの世話をしている。

母親　こっちに来て挨拶しなよ。
息子　いいよ。またいくらも貰えないのに養子に出すんだろ。
母親　町に行って、相応の値段で分譲するんだ。今回は違うよ。ほら見てみな。頬にもう肉が付き始めてるじゃないか。養子に出す頃には肉がふっくらと付いてるはずだよ。

母親、近づいてオオカミのぬいぐるみを一つずつ持って、舌でなめてやる。

息子　家に食べ物もないくせにどうして子どもをそんなに産むんだ?
母親　あたいはもう力がなくてエサを自分で取ってくる事ができないんだよ。この子たちがあたいを養ってくれるはずさ。そうしてないで、こっちに来て出て行く前に手でも一度握ってやって。
息子　愛嬌を振りまいて失策でもやらかせば、すぐに殺されるぜ。俺は、ペットなんかには絶対にならないぜ!

母親　（ぬいぐるみの耳を塞いで）妹たちに聞こえるじゃないか。そんなふうにしゃべり続けるならビンタを食らわすからね。
息子　どうせ俺は手を握ることもできないじゃないか。
母親　お前はひどく悲観的なのが問題だね。お前の父さんがほっつき歩いた宇宙にちっとも似てないよ。
息子　宇宙って？
母親　自分の宇宙に入ったら危ない。父さんはそう言ったんだ。
息子　どういう意味なんだ？
母親　あたいもよくわからない。あたいには地球での生活も本当に難しいの。
息子　父さんはいつくるんだ？
母親　お前の父さんはもう来ないよ。街で誘拐されたんだから。
息子　母さん、誘拐ってのは子どもがやられるもんだぜ。誰が父さんを誘拐したんだ？
母親　あたいも知らない。でも父さんよりもっと大きくて強い宇宙がやったと思うんだ。
息子　母さん。俺の宇宙も毎晩うんうん唸りながら苦しんでるよ。
母親　その思いが今気付いたものならすぐ消えるよ。
息子　世のすべての葬式より前のことだよ。
母親　蛙の子は蛙だよ。何を言ってるのかさっぱりわからない。それより、お前も何か食べないと。そうすれば、手伝うこともできるだろう。これまでずいぶん、顔がやつれたじゃないか。

母親、子どもたちを下ろす。

息子　お乳でもちょっと飲ませてくれよ。

母親　こっちにおいで。

息子　（乳を飲んで、いきなり）シッ！

遠くで猟犬たちの吠える声がする。

母親　尾行されたんじゃないのか？　どうしよう。

母親、子どもたちを鉄の鳥篭に入れ、耳を澄ます。猟犬の吠える声が次第に大きくなる。

息子　チクショウ！　狩人たちが臭いを嗅いだみたいだ。もう行かなくちゃ。

母親　危ないよ！　外は犬どもばっかりだ。互いに嚙み千切りあって、死ぬよ。あたいは外に出ないから。

息子　シッ！　ちょっと静かにしてくれよ。

母親　いやだ。いやだ。あたいは犬どもがいやだよ。ネズミもいやだよ。

猟犬の吠える声が次第に大きくなる。

（暗転）

第二幕

オオカミの吠え声。
暗い影　母親に金を投げ付ける。座ったままズボンを穿き、外に消えていく。
母親はズボンを半分ほど下ろしたまま股を広げて床に座り、鼻歌を歌いながら金を数える。

母親　一万ウォン、二万ウォン、三万ウォン、（息子を見て）お前！

（息子、口に大きなオオカミを銜えて登場）

息子　（口に銜えた大きなオオカミを床にトンと置いて無愛想に）ええ、母さん。
母親　お前？　お前が家に何の用なのさ？

息子、死んだオオカミを足でトントン蹴って押して、揺り椅子に座る。冷凍庫を開ける。子どものオオカミの頭が入っている。息子、冷凍庫に頭を突っ込んで臭いを嗅ぐ。隅にはみ出した笑い顔の豚の頭一つが、床にドンと落ちる。

息子　チクショウ。どういうわけか、またくるようになったんだ。

椅子から立って豚の頭を拾い、冷凍庫に押し入れる。

母親　それでも電話一本もなしに急にやってくるなんてどういうつもりなのさ？　電話でもしてくれりゃ事前に戸締りしておいたのに。

息子　ズボンを上げなよ。

母親、ズボンをさっと上げる。

母親　シッ。

息子　どうして？

母親　静かにして！　この前みたいにお前のせいでまたここがばれるかもしれないじゃ

ないか。

息子　簡単にあいつらの手に捕まったりしないさ。今までもそうだったから。

母親　（外を探るように見て）家の近くの電柱に小便してからきたんじゃないだろうね。狩人はすぐに小便の臭いを嗅いでやってくるからね。

息子　俺はどこででもズボンを下ろしたりしないよ。母さんみたいに。

母親　バカにしてるのかい？　あたいは人より少しズボンを下ろすのが多いだけだよ。お前のように場所に関係なく下ろすのとは違うよ。

息子　今日は追いかけてこれないよ。一度も吠えなかったから。

母親　良かった。さてと、これは何だ？

息子　何だとは何だよ。金になるやつさ。冷凍庫に入れておいてくれよ。

母親　金だって？　どういうことなのさ？　剝製を作って売れとでも言うのか？

息子　俺は言われたとおりにしたんだ。母さんが紹介してくれたあそこでさ。

母親　アヒルの狩り場のことかい？

息子　そうさ。今回は本当に一生懸命働いたんだ。主人が銃でアヒルを撃ち落とせば犬みたいに走っていって銜えて、主人の足元に運んだんだ。主人たちが、うなじや背中をなでてくれるようになれば食べ物をくれるんだ。この地球の上で銃声がなくなるように俺は本当に熱心に仕事をしたんだ。

母親　本当に犬のようにしてやったんだね。主人は喜んだだろうね。そのご褒美に休暇が取れたわけかい？

息子　逃げてきたんだ。

母親　また主人を犬みたいに噛んだりしたのか？

息子　主人はいつも俺が遅いって怒鳴ったんだ。不良、不良って言いながら。俺を倉庫に閉じ込めて一滴の水もくれなかった日さえあったんだ。

母親　うなじや背中をなでてくれるって言ったじゃないか。

息子　うなじを摑んで俺を倉庫に投げ入れたんだ。

母親　バカたれ！　だからあたいがペットになれって言ったじゃないか。あたいの言うことも聞かないで。

息子　俺は言うとおりにしたよ。ただ適応出来なかったんだ。俺は不良品なのさ。

母親　あのならず者ども。あいつらが世間のことをまだわかってないからなのさ。それで逃げてきたのか？

息子　そういうことさ。俺は倉庫に閉じ込められて　まともに眠れなかったんだ。毎晩どこかから聞こえてくる牙のぶつかるような音で目が覚めたんだ。起きてみるとそれは俺の歯軋りの音だった。俺は檻の中が嫌なんだ。

母親　あたいも檻の中なんか身震いがするよ。誰でも自分の歯軋りの音で一度は目が覚めたりするもんだよ。お前がいない間あたいもずいぶん苦労したんだ。妹たちもみんな飢え死にしたんだ。乳も出ないから、飲ませることも出来なかった。

息子　おかしな大人たちにみんな飲ませたからだろ？

母親　恥ずかしいからやめろよ。生きるためにやったことなんだから。

息子、周りを見まわした後、

息子　偽の母乳を作って売るってのはどうかな？　剝製よりはマシだと思うよ。この頃は誰も剝製なんか欲しがらないよ。みんな生きてるやつを欲しがるんだから。

母親　興味ないね。

息子　子どもを産んで養子に売るよりは金になるさ。

母親　本当かい？　母乳をどうやって作るんだ？

息子　外に出てみなよ。核戦争で両親を失った子どもたちが街に溢れてるよ。死んだ母親を捜す可哀想な子どもたち。その口の中には母乳がいっぱいだよ。涙が枯れて疲れて灰でいっぱいになった空を眺めて子どもたちが死んでいくときにその子たちの口を指でこじ開けてさじですくってくればいいんだ。

母親　涙がこぼれる話だね。だけどどうしてそれが偽の母乳なんだい？

息子　涙が半分だから。
母親　マージンの比率が悪いね。やめよう、そんな話。
息子　母さん。放射能のせいでもう子どもはこれ以上産めなくなったんだ。しばらく見ないうちにお尻が完全に垂れちゃったじゃないか。
母親　すぐにまたパンパンになるさ。あたいには希望があるからね。
息子　希望？
母親　そうだよ、希望。希望だよ。人が両手をいっぱいに広げて望むことなんだ。眠りにつく前にそれを思えば、自然と微笑むようになるのさ。
息子　難しいな。
母親　お前はまだ若くてまだ希望がわかる年じゃない。もっと生きてみたらわかるさ。希望は年を取るほど良くなるんだ。
息子　お金みたいなもんか。
母親　まったく！　どうしてお前は父さんにちっとも似てないんだ？　お前の父さんは詩人だった。金なんかには関心もなかった。理想がとても高い人だった。お前の年の頃には父さんはあたいを毎日泣かせたのさ。もともと理想が高い人は傍にいる人をよく泣かせるもんなんだよ。（笑）あたいは今になって悟った……毎日泣きながらお前の父さんの後をチョロチョロと追いかけた。

息子　どうして？
母親　あたいには理想を持つ人が必要だったから。
息子　俺は誰も泣かせないつもりだよ。
母親　理想をあきらめるって言う話みたいに聞こえるんだけど。
息子　俺は父さんの年に何をすればいいかな？
母親　女を泣かせなきゃだめだね。
息子　俺は、俺と同じ鳴き声を出す女に会いたいんだ。
母親　正気じゃないね。それは理想的じゃない。しっかりしなよ。この厳しい世の中でどうして丘に登って喉を鳴らし鳴いてばかりいて生きようとするんだい。考え方を変えなさい。考えを変えさえすれば、世の中が革新されるんだ。鳴き声なんかは死んだら肉体と一緒に消えちゃうんだよ。

母親、鍋にお湯を沸かして冷凍庫から取り出した肉を投げ入れる。

息子　（床に唾を一度吐いてそれを足で踏み付けながら）母さん、俺はいつも自分の血の回りをうろついているんだ。
母親　なんて言ったんだ？　もう一度言ってみな。

息子　俺はいつも、自分の血の回りをうろついているって言ったんだ！
母親　あたいと一緒にいたいということをどうしてそんなに難しく言うんだい？
息子　ごめんよ。話すのがずいぶん久しぶりだからな。

母親、杓子で汁を一口飲んで、息子にも味見をさせようと汁をやる。
息子、味加減を見て首を振り、

息子　（母親を見ながら）ずいぶん長くほっといたから味がおかしくなったみたいだよ。
母親　（少し躊躇ってから）また変なこと言うのか？　誰がそんなことを言ったんだ。外ばっかりうろつき回ってるから変なことに耳を貸すんだよ。まあ、お前が来たから心配事は少し減るけどね。どうやって生活していくか絶望的だったから。
息子　母さん。心配するなよ。（床のオオカミをポンと蹴りながら）一応、俺たちにはこれがあるから。数日前から主人が意気込んでいたやつだよ。脅かそうと銃を撃ったのに逃げなかったんだ。俺が閉じ込められていた倉庫の近くまで来て夜毎、うろうろしてた。主人はこいつを捕まえようと倉庫から俺を引き出してオトリにしたんだ。腹が減ったら俺みたいな小さなやつだって捕まえて食べるだろうって言って俺の襟首を摑んで引き摺りながら狩に出かけたんだ。

母親、近寄って行って、オオカミをちらっと眺める。

母親　そういうわけで主人が大切にしていたそいつを盗んで来たのね。剝製にして売れば相当儲かるよ！

息子　内臓のところには俺が綿を詰める。たぶん、生きていたときよりお腹が温かくてふかふかすると思う。

母親　その前にお腹が空いたから新鮮な内臓を食べよう。

息子、ヨダレを垂らす。

息子　冷めないうちに。

母親　たらふく食べよう。

母親、包丁を持つ。

息子　駆けつけた時銃で撃たれたのに息がまだ少しあったんだ。それで母さんから教わったとおりに首を噛んで息の根を止めた。主人に認められる最後の機会だったから。目は見なかったんだ。母さんの言うとおりにやったらすぐ終わったよ。

母親　そうだよ。息の根を確実に止めておけば動けないから。

母親、近寄ってきて腹を裂こうと、包丁を持ちオオカミを仰向けにする。じっくりと一度見る。

母親　お前。

息子　うん。

母親　ところで、剥製にするには床ずれが物凄くひどいよ。お腹を一度、ひっくり返して見せな。

息子　お腹をどうして？

母親　よく見たような尻の穴だね。

息子、椅子に座ったまま、足でオオカミのお腹を引っくり返す。
母親、オオカミを見て驚き、後ろに倒れる。

息子　どうしたんだよ？
母親　お前！　これは何てことなんだ。
息子　何なのさ？
母親　いや……。
息子　何なんだよ。
母親　お前、それはお前の父さんだよ。
息子　そんなバカな！　母さん。俺は父さんに一度も会ったことがないよ。
母親　お前の目の前にいるのがまさにお前の父さんだよ。
息子　父さんはいつも森の中をうろついてるって言ったじゃないか。
母親　それがまさにお前が殺した父さんだよ。
息子　父さんは尻の穴をひくひくさせながら母さんのところにくるって言ったんじゃないか？
母親　それがまさにお前の殺した父さんだよ。
息子　母さん、俺は父さんを殺したりしてないよ。
母親　それはあたいも同じだよ。誰が父さんを殺したりするか？　それで、父さんを殺した気持ちはどうなんだい？

息子、戸惑っている。

息子　母さん、大変なことになった。俺が父さんを殺したんだ。警察に俺を通報しなくちゃ。

母親　母さんを飢え死させるつもりなのか？　人に死ねなんて言えないだろ？　慌てないで方法を考えてみよう。

この時、ドアを開けて女が突然登場。

女　クソ！　寒くてこれ以上待ってられないわ。口を開けたまま外でいつまでうずくまっていなきゃならないのよ。あたしを飢え死させるつもりなの？　数分後には温かく抱いてやるって言ったくせに。

女、部屋に入ってきて冷凍庫のドアを開ける。冷凍庫の中には剝製の頭。冷凍庫の中には食べ物がいっぱい。母を睨み、ドアをドーンと閉める。

母親　お前もあんな風に中に入りたいのか？　あの女は誰なんだ？

息子　俺が一緒に暮らそうって言った女だよ。俺たちは下水溝で出会ったんだ。俺が寂しいと言ったら股を広げてくれたんだ。

女　寂しいならあたしの中に入って。この中には世の中で最も深い虚空があるの。

母親　下品な女だね。股は沼なんだよ。

息子　寂しいときは一番温かい沼なんだ。

母親　知ったような口を利くな。かわいそうな子だ。道端で罠に掛かって死んだ獣のほうがお前よりマシだよ。

息子、女と抱き合う。

息子　母さんにご挨拶しなよ。

女　こんにちは。お母さん。

母親　ネズミみたいな女だね、まったく。お前、家にネズミのにおいがする。ネズミ捕りを仕掛けなきゃ。

母親、女の周りにネズミ捕りを仕掛け始める。

女　クソババア。
息子　止めてくれよ。母さん。
母親　家全体がネズミの臭いでいっぱいだ。いっぱいだよ。船が沈没すればネズミもみんな逃げ出すって……。どこから入ってきたのさ。
女　（ネズミ捕りを踏む）イタイ！
母親　捕まえた。
息子　お願いだから、止めてくれよ。
女　チクショー

息子、洗面器に水を入れてきて、舌で女の足を洗ってやる。

母親　そう？　どこで一緒に暮らすつもりなんだい？
息子　ここだよ。母さん、外が寒くてもうこれ以上外に出ることもできないよ。
母親　頭でもおかしくなったのかい？　ネズミと一緒には住めないよ。ここは寒くて狭くて臭いだけだよ。光も入らないし。
息子　二人で住めば狭くないはずだよ。前もそうだったから。父さんを殺したんだから道義上、俺がここに住むわけにはいかないよ。

母親　そう、道義にかなった行いをしなよ。あたいはもう年老いて、餌を探す力もないんだよ。
息子　クソババア！
母親　何だ！　母さんに対するその言い方何なんだよ？
息子　彼女が母さんにはぜひそう言ってほしいと言ったんだ。
母親　何だって？　どうしてなんだ？
息子　俺の子が彼女のお腹で成長しているんだから。

母親、彼女をにらみつける。

母親　ネズミみたいな女め！
女　あたしは堕そうとしたのに、彼が止めたのよ。チクショウ、あたしのお腹の中に自分の宇宙が波打っているとかなんとか。前のようにトイレにすてないようにって……。
息子　あり得ないことだぜ！　トイレに宇宙を捨てるわけにはいかない！
女　あなたの宇宙っていったい何なのさ！　そんなに大事なの？
息子　鳴き声だよ。

女　鳴き声なんかトイレットペーパーに包んで捨てりゃ誰も気付かない！

息子　俺たちの肉体もトイレットペーパーと同じなんだ。魂をみんな拭いてしまえば捨てるべきゴミ。

女　（息子の首根っこを摑んで）しっかりしてよ！　バカみたい。あたしたちには今、トイレットペーパーを買うお金すらないのよ。

息子　この間、持ってきたトイレットペーパーは？

女　それは毎晩あなたのせいで流した涙を拭くのに使っちゃったわ。

息子　この間、持ってきたポケットティッシュは？

女　それはあなたが人々に詩を朗読してやりたいと、歩き回って殴られて来た日にあなたの流した鼻血を拭くのに全部使ったじゃない。

息子　俺たちにはそれでもまだ鳥がいるんだ。産婦人科では夜になるとこっそり幼い鳥たちを布に包んで捨てるんだそうだ。

息子、女のお腹をなでながら、

息子　鳥よ、鳥よ、鳴いてみな、鳴いてみな、俺があげた羽で羽ばたいてみな。

女、自分のお腹を見下ろす。
けらけらと笑う。くんくんと鼻をならす。
ネズミのように。

母親　(息子を連れて隅に行き)堕しなさい。お前みたいなできそこないを増やすつもりなの？

息子　俺の腕に似た子どもが生まれるはずだよ。

母親　堕しなさい！　つわりがすれば、青大将かマムシを生きたまま食べさせなさい。毒のあるものを食べさせれば、お腹の中の子どもが舌を噛んで死ぬんだよ。それもできないなら……。

女　あら！　お母さんの舌がもつれてるわ。

息子　母さん、お腹の中の鳴き声を殺すことはできないさ。子どもは俺と同じ鳴き声を出すんだ。俺があの女のお腹に入れてやったから。

母親　お前は、自分の子を抱いてあげることもできないじゃないか。

息子　だけど、一生、子どもの目を避けたりはしないつもりだよ。母さんみたいには。

母親　あたいはまだお婆さんにはなりたくないんだ。

息子　俺はもう父親にならなくちゃ。

母親　お前も父さんのようにたわいないことばかり言うね。父親たちは剝製のようなもんさ。高い所にぼんやり目を向け、威厳だけを見せるのさ。使い道なんかちっともないんだ。お前の子どもたちは、いや、お前に似た鳴き声は腹が減ったらすぐに止むはずだよ。

この時、サイレンの音とともにサイバー警官たちが押し寄せる。
家の中のすべての物をひっくり返して調べ始める。
バーコード検証機を死体に当ててみる。

警官2　(鼻をふさいで)ウッ、鼻で息ができない！　尻の穴で息をするしかないぞ。
母親　あたいは車にひかれたり森で罠に掛かったやつを拾ってきて剝製にして売っただけです。
警官2　私たちは訓練された者です。
警官1　これです。先日、盗難届が入ったやつです。
警官2　そうか。

人々を見回す。母親、冷凍庫を開けて札束をカバンに隠す。密かに逃げようという気配だ。

警官2　ちょっと、そこの両腕のないお前。こっちにこい。口を開けてみろ！

息子、口を開ける。

警官1、懐中電灯で牙を調べる。

警官2、懐から手配写真を出して、息子の顔と見比べながら何かを確認したようだ。

警官1と2、こっそり話す。

警官2　こいつだ。牙が確実にそうだ。奥歯はどこに隠した？

裏門を開けて出ようとしたが、カバンを下ろして振り返り、

母親　サイバーのお役人さん。あたいたちの家族はみんな奥歯をギュッと嚙みながら生きてるのよ。あっちでズボンを下ろすから一度だけ大目に見てよ。

警官1　盲の家族を皆殺しにして、埋めた疑いで、あなたを逮捕します。

警官1、息子の後ろに行って、手錠をかけようとする。

母親　あたいの息子がそんなことするはずがないよ。あたいの息子は人を殺してなんかいないよ。証拠もないじゃないか。

警官1　さあ。それは調べればわかります。

息子　俺は濡れ衣を着せられたんだ。我が家門は偉大だぜ！

警官1　そんなことには関心ないな。こっちは銃を持っているんだぞ！

息子　俺は世の中で銃が一番嫌いなんだ。俺は無罪です！

警官1　世の中から銃声が聞こえなかった日は一日もなかったぜ。

女、大声をあげながら走ってくる。

女　ああああああああ

警官、銃を女の頭に打ち下ろす。

警官1　公務執行妨害罪。宇宙の塵、六ヶ月の刑。無重力生活二年！

警官たち、家中のものをめちゃくちゃにひっくり返して調べる。鼻をひん曲げる。

警官1　キモ悪い。あちこち銃で撃ちまくりたい気分だ。（母親に銃を向ける）あんたも疑わしい。家族はいつもグルだから。

女　核爆弾が落ちて以来この世に家族は無くなったのよ。知らないの？

警官2　そういえばゾンビたちは人間たちが懐かしくて闇の中で拾ってくる死体で剝製を作る世の中だ。人間はどのくらい生き残っているんだ……。はっきり言え！　お前たちは人間なのか、獣なのか？

警官1、2、銃を持ち一人ずつ狙う。怖気づいた息子、母親、女。

女　あたしはネズミよ。その女がみんなそそのかしたんだから。

母親　（怖がりながら）お巡りさん。あたいたちは核家族です。時々会います。その子がそれでも幼い頃は素直で純真な子どもでした。（急に泣き出して）その子は両腕が無いのを除けば正常です。腕をあたいのお腹の中に置いて来たけれど母親の世話をするために苦労してきました。あたいたちが鳴くのも自己保存本能です。その子はこの世のすべては自分が代わりに泣いてあげられると思っています。頭がおかしいんです。捕まえて行って。早く……しくしく。

剝製を持ってくる警官2。

警官2　剝製か……。命のない物たちを増殖しようという欲求。その土台の上にいる奴らはほとんど芸術家になるか犯罪者になるかのどちらかなんだ。息子さんのケースは……。

母親　両方、当てはまるよ。しくしく……。

警官2　それなら原状を見て、今は一旦、息子さんの心理を逮捕します。獣は鳴き声を保存することに失敗すれば種の保存に失敗することと同じです。おそらく息子さんは『種の起源』を違う方式で研究したかったのかもしれません。しかし銃を持つ私たちは、正常ではなくなった者たちの心理を事前に気付き、逮捕しなければなりません。私たちはそのように訓練されています。

母親　そのとおりだよ。息子は『種の起源』を最初から全部覚えています。幼い頃から足の指でページがめくれるようにあたいが訓練したんです。足の指で、あの子はお金を数えることもできるんだよ。証拠が必要なら、今すぐ見せられます。何し警官1　てるのさ？　早くこっちに来てみなよ。
警官2　いいです。メールか手紙で送ってください。
警官1　TNT6071さま。この母子はお互いの背景にある言語のようです。怪しいです。
息子　そうだ。お互いの言葉の間に浮かんでいる背景みたいだ。獣でも人間でもないし言語のような文でもない。この世から言語が消えてどのくらいなのかな。未だに言語を使う者がいるなんて。言語は禁じられている。宇宙の塵の刑だ。もしかして本を読んでいるのかも知れない。捜せ！　怪しい。
女　ここには本なんかないよ。活字をどうやって見るんだ。人工衛星の数よりも少しか残っていない本がどうしてうちにあるんだ。
警官2　おじさん。この人が言うには運命って図々しいんだって。運命って一人で歩き回るくせに何かというと人間に濡れ衣を着せるとかね。この人は本の中じゃ下水溝だけを見たって言ったわ。
息子　本？　本を見たんだって？　なら言語を使うんじゃないか！　あんた！　宇宙の塵になりたいのか？（銃で狙う）
俺は言語を失ってから長いんだ。言語が消えてから生まれたんだ。俺はオオカミです。

警官2　兄貴。一旦、我が惑星に連行しよう。

警官1　公には兄貴っていうなって言ったじゃないか。我々はサイバー機械なんだ。ちゃんとしろ！

女　みんな、捕まえて行ってよ。ここは狭いのよ。私が一人で住むにもね。しくしく……。

警官2　チューチュー鳴くな。尻尾を切って行くぞ。

息子、突然和やかな表情で立ち上がりながら、

息子　母さん、俺、行かなきゃならねえよ。俺が罪を被るからね。帰ってくるまで健康でいてくれよ。彼女と孫たちの面倒も頼むからな。

母親　うん。帰ってくる時には今度は電話するのを忘れないようにな。

警官1、手錠をかけようとする。手がないことに再度気付き、少し慌てる。

警官1と2　慌てるな。我々は訓練されている。我々は、TNT21・22号だ。人間関係と人、状況に関して認知できるようにプログラミングされて作られた。バーコードなし

で五キロメートル以上無断で移動すれば、体内に内蔵されている自動火器が動いて、爆発する。我々は命令を遂行すれば、測量したものの画素だけを送り、そこで燃え尽きるように会社と取り決めている。人間を信じてはいけない。それよりもっと恐ろしいことは、人間を愛することだ。人間を愛してはいけないと我々は訓育されている。

息子　申し訳ないけど、俺には手錠にふさわしい両腕がありません。

警官2　そうだね。だけど手錠をかければほとんどの人の運命が大きく変わるんだ。だけど、あなたは手相がないから予測も不可能だな。

息子、微笑む。

女、立ち上がる。

女　あなた、行ってらっしゃい。

息子　うん、そうするよ。ハニー。繁殖、がんばれよ。どこででもよだれを垂らしたりするな。

女　うん、もう泣かないから。頑張ってきて。あなた。

息子、女のお腹に近づいて顔をこすりつける。

母親　あたいの息子から離れなさい！　このネズミみたいな女め！

女　クソババア！　何よ、あんたは！　私に言ったことをそのままお母さんに言ってね。

息子　静かにできないのか！

息子、警官を振り払い、女を蹴りまくる。警官たちが止めさせる。

息子　母さん。

母親　どうしたんだ？　お前。

息子　母さん、俺たちはどうしてこの世から薄れていくんですか？

母親　お前、でもね、お前が生まれた時、あたいはお前をなめてあげたんだ。

息子　母さん、もう俺は光をみても、それに飛びかかったりしないよ。

母親　お前、路上で血を流さないように注意しなさい。人々がお前の血を見て足音をさらに殺すかもしれない。

警官1　行こう。

警官2

もっと聞いていれば、息子の言語に感染するかも知れない。

ポケットから無線機を取り出して送信する。

ラジョー！　ここは惑星Ｂ２８９。コードネーム地区。西暦四八〇〇年。ＴＮＴ21・22号。生き残った人類は、アーカイブに皆向ったようだ。建物と建物の間に鉄男たちの姿は見えない。エバ（ＥＶＡ）一期のように生じた旧世代ロボットは一つも見えない。地震は二〇九六年に完全に停止した。防衛司令部は土の中にあるのか、それとも近郊の海の中に水葬されているのか、確認できない。一九五四年に生産が中断されたＲＣＡ真空管を持てという命令を受けて池袋、秋葉原にやってきた。現在、気温四度。時間は夜一一時、湿度二〇〇、人なのか、その複製なのか区別のできない動きが、建物の間に満ちている。生命体は人間、オオカミ、耳、ネズミ、バンパイアたちで、建物の裏側で寝ている。二〇六七年になってこの都市はゾンビが占領し、その後一五〇〇年間ゾンビは食糧不足で、仲間同士で食い合って絶滅した。空は灰色から黒い鉛色に変わっている。カプセルを食べなければならない時間だ。すぐ帰還する。生命体たちは生きるため、決して口を割らずに生きている。笑いのウイルスは、人類を笑わせて絶滅させる原因となった。地球では（ユー・ナマー）の権威で、実験対象に人間を用いたという疑惑が今も導出されている。私たちは宇宙で禁止された「言語」を使用する者たちを発見したようだ。ここは湿った空気に触れて、物の腐食が急速に進んでいる。その事実を知らせる計測器が発明されなかったのか、市全体の腐食度が高い。すぐ離陸準備する。ロジャー。

息子　お巡りさん、ちょっと待ってください。俺と母さんの最後の挨拶なのでもうすこし二人きりにしてもらえないですか？

警官2　一〇分だけです。それ以上はだめです。

息子　はい、一〇分で十分です。餅をつくには。母さん、急げよ。俺もいないのに飢え死にするわけにいかないじゃないか。

警官1　外で待っているから早く終わらせてください。

母親　そうね、急ごう。これまでお前の腕がどのくらい上がったのか見てみたいね。あたいがお前の体に餅をやるからお前はあたいの体に唾を吐きなさい。お尻がこれ以上しわくちゃにならないうちに一回でも多くやってみなくちゃね。

息子、母親のお尻にがぶりと噛みつく。

息子　まだパンパンですよ。母さん、希望を持ってよ。
母親　希望って何なのさ？
息子　一緒に……寝る前にしばらくの間、微笑むことさ。

息子と母親、部屋に入る。
息子と母親、性交する姿が見える。
（息子はまるで自分の言いたい言葉を母親の一番奥深い所に挿入するように母親はその言葉を体の深い所に一つずつ受け入れるように）
天井から少しずつ土が落ちる。息を切らすように、少しずつ崩れ落ちるように。

音楽の調べ、ますます高まる。

息子　母さん。
母親　どうしたのさ？
息子　剝製は鳴き声がなくてもどうして腐らないんだ？
母親　魚はなぜ鳴かないんだい。岩はなぜ剝製に出来ないのかい。雲も剝製にして遠い国に売りだしたい。アフリカには食べ物より雪を小包で送ってあげなくちゃ。一生、雪を見ることが出来ないからお金になるよ。雪はなぜ剝製に出来ないんだい？

息子と母親、微笑む。

息子　母さん、俺は未だに母さんの体の中で喘いでいるみたいだ。俺の腕を返してよ。
母親　また、また、その話。ここにはないんだってば。
息子　ここにあるじゃないか。
母親　他に行って探してみなよ。
息子　（下を感じながら）ここ、ここだよ。
母親　終わらせないで、終わらせないで。
息子　母さん、俺は母さんと同じ血を分かち合ったんだろ？
母親　いや、あたいの血はお前に分けてあげたくないよ。あたいたちは同じ声を持っただけだよ。
母親　ゆっくり、ゆっくりやって。うまく聞き取れないのさ。
息子　俺は、俺の腕と交信しているんだ。俺が泣いているのは俺の不具を泣いているん

母親　だ。俺の不具があの不具を呼んでいるんだ。母さん、俺は腕なしで……（ハアハア）生まれてきたんじゃ……ないよ。

息子　また、その話かい？（ハアハア）その話はもう止めてちょうだい。

母親　俺はここ、ここに、俺の両腕を残してきたんだ。俺が置いて来たんだ。

（ハアハア）もう少し我慢してよ。ほっつき歩いたせいか体力が前ほどじゃないね。男がそれくらい我慢できなくてどうやって宇宙を手に入れるんだい。あたいの体にもっと唾を吐いてあたいの体にもっと唾を垂らしてお前が置いて来たんだよ。あの腕、あたいの体の中に。置いて来たんだよ。

息子　（ハアハア）もう我慢できないよ。変な根たちが俺を引っ張ってるんだ。

母親　もうちょっと頑張って。

息子　ウッ……。

母親　もう少しだけ……。

息子　母さん……。母さん！　母さん！

母親　やめて、やめて、い……いたい、いたい。

息子　あ、もう絶対無理だよ。どうしよう。

母親　出しなさい。あたいの中に……。中に……出しなさい。

息子　本当に中に、出してもいいのか？

母親　そうだよ。中に出しなさい。あたいの中に……全部出して！　早く！
息子　ウッ……。
母親　（水が体中に満ちていくような怪しげな声）あああああ……。

女、再び頭を上げて突然目を開けながら、

女　腕～が～あ～　濡れた～あ～
腕～が～あ～　濡れた～の～
腕～が～あ～　泣～くん～だあ～
腕～が～あ～　出～る～う～

しばらくして電気がつき、ドアの外には警官の気配。

声（警官たち）早く出ろ、ゲートが閉まる時間だ今、戻らなければ永遠に時間の中に閉じ込められるぞ。

息子、力なく外に出る。

母親　（正気を取り戻しながら）お前の父さんに似て幼い頃からお前は変わったところが多かったよ。警官たちも忙しいだろうから早く行ったほうがいい。あたいがドアを開けてあげるよ。

息子　うん。ありがとう。母さん。

母親、ドアを開けてやる。警官たち、息子の口を開けて霜を撒く。口の中が凍り付く。耳栓をする。牙が凍り付く。連れて退場。

母親、ドアを閉めて少し考え込んだ様子だ。

どこからかオオカミの長い吠え声。

母親、股を広げて下を見下ろす。

子宮の中、深い所から聞こえてくるオオカミの吠え声。母親、後ろに倒れる。

（暗転）

第三幕

女が揺り椅子に座ったまま自分のお腹を眺める。
お腹の赤ちゃんに童話を読み聞かせている。

どこか遠い所から、かすかで単純な、鮮やかだが遥かなる鐘の音が聞こえてきます。日差しが、割れた鐘の音を口で挟んで行きます。あなた、夜が深くなればなるほど、私の使う言語は獣の色になり、夜が明ければ明けるほど植物の色になっていきます。夜になると私の言語は獣になり、夜明けには植物になるのです。何が言いたいのか気になるでしょう。私が言いたいのは、ある命は血を吐いて死ぬのではなく、自分の体の中にある植物をすべて吐いてから死ぬこともあると言いたいのです。あなた、人間は全体ではなく部分を病んで逝くようです。あなた、あなたに向かう時間はいつも獣であったり植物であったりしました。私は今、私の中の生態系に汚されています。あなたは野蛮で私はこの時間に慣らされていく無数の仮面です。お客はあなた、どうぞ中へ。

その時、チャイムの音がゆっくりと一回聞こえる、母親が黒いサングラスをかけたまま杖を突いて登場する。

女、童話の本を後ろに隠す。壁をたどって近づいてくる母親。

女　あら、お母さん！

母親　あたいの娘。

母親、目が見えないようで、壁を手探りしながら周りを見回すようなしぐさ。

女　突然家にこられるなんてどうかしたんですか？　電話もくれないで……家に男でもいたら大変なことになったわ。

母親　（咳をしながら）また電話番号を変えただろう。

女　ここは二人で暮らすには狭すぎるんです。

母親、揺り椅子のほうに来て座る。

母親　あの子から連絡はあったのかい？
女　まだです。
母親　息子のことだよ。
女　またその話？　お母さん、もうたくさんよ。彼が凍え死んでからもう一年近くになるんだから。
母親　凍え死んだって？　それはいったいどういうことなんだい？
女　お母さん、うんざりしないの？　その話はもうこりごりよ。彼は森の中に逃げ込んでうろついたあげくに、罠にかかったまま凍え死んだんです。
母親　あたいの息子は詩を書いたんだって。
女　それはお母さんの妄想よ。彼はただのできそこないだったわ。
母親　あの子を堕ろそうとした時お腹の中から息子が叫ぶ悲鳴をはっきりと聞いたんだよ。
女　お母さん、人生は毎日悲鳴だらけよ。知らなかったの？
母親　それは息子が最後にあたいの口に銜えさせて行った言葉じゃないか。
女　そうよ。彼はいつも訳のわからないことばかりつぶやいて去ったのよ。
母親　あたいは今、涙を流しているとは言わないつもりだよ。

母親に近づく。

女　お母さん、私を一度抱いてください。もっとぎゅっと。お母さん、私を飢え死にさせるつもりなの？　お腹の赤ちゃんまで飢え死にしそうよ。もっとしっかりしてちゃんと働かないと。今日はいくらもらってきたの。

母親、女にかごの小袋の中からお金を出して渡す。

母親　すまないね。でもあたいはもうこれ以上働けないんだ。年老いて力が出ないのさ。
女　このままだと尻の穴がひっつきそうよ。
母親　あら、この間もらってきたお金はもう全部、使ったのかい？
女　お母さん、あれからもう一ヶ月も経ったわ。
母親　地下鉄で物乞いしてもらってきたお金は？
女　それはお母さんのサングラスを買うのに全部使ったじゃない。
母親　歩道橋でしゃがんで物乞いしてきたお金は？
女　そりゃ、お母さんのハーモニカを買うのに全部使っちゃったじゃないの。

母親　あたいはこれでもう、少し休みたいんだ。

べたっとへたり込む母親。

女　お母さん、何事もそう簡単に諦めてこの世をどうやって生きていけるの？　起きてもう一度行ってきてよ。自分から街に出たのはお母さんよ。

母親、椅子から立ち上がる。杖を突いてドアのほうまで手探りで進む。

母親　息子が森の中をうろついてから帰ってくるかもしれないからドアは開けっ放しにしておこう。
女　この世が懐かしくてうろついているならそれは幽霊でしょ。
母親　お前……。
女　また、何ですか？
母親　あたいは視力を失ったんじゃないよ。目を開けられないだけなんだ。
女　お母さん、私の宇宙も毎晩うんうんと病んでいるの。

母親、咳がひどくなる。ドアを開けかけて。

母親　お腹の赤ちゃんはちゃんと育っているのかい？

女　この前、耳が一つ出来ました。足の指も一つ出来ました。少しずつ外の音を聞いてお腹を叩くの。

母親　オオカミは目玉から育つものだよ。童話をたくさん読んでおやり。

女　童話って大人が見る悪夢だって。そんなもの子どもには読んでやれないわ。

母親　お前、あたいは、お前が大人になったらいつかお前のそばで道に迷いたかった。

女　お母さん、それは彼が私のお腹に顔を当ててお腹の子に言った言葉よ。

母親　そうなのかい、そうなのかい。ありがとう。

女　お母さんも彼に似て訳のわからないことばかり言うのね。忙しそうだから私がドアを開けてあげるわ。

母親　そうだね。わかったよ。

女　今度来られる時は電話するのを忘れないでね。

母親　わかってるよ。今度は忘れないから。

母親、ドアから外に出て、女はドアを閉める。しばらく静寂。

再び女が椅子の方に来て座る。また童話の本を持つ。
女、ふと自分のお腹の中を眺めているようだ。
いきなり女のつわりが始まる。

女　すでに二〇ヶ月目なのに生まれようとしない。出産の日がはるかに過ぎたのに……お腹の中でずっと泣いてばかりいる……子どもの泣き声が脚の間に夜毎に流れて出る。聞きたくないわ、聞きたくないわ、どうも変な子がお腹の中に宿ったみたいだわ。

女、隅に行ってお丸の上に座る。
お尻に力を入れている。苦しそうな表情。
だめだと思ったのか、流し台のほうに行って瓶を一つ取り出す。
瓶の中には一匹のマムシがとぐろをまいている。
瓶を持ち上げて飲もうとするとき、容積が次第に大きくなり落ちてくる白い土。
どこかで泣き声が響く。
まるでこの世の子宮の中のすべての泣き声のように。
突然ドアを蹴っ飛ばして入ってくる母親、女に飛びかかる。

母親　だめ！　見える、見えるんだよ。

オオカミの吠え声が長く響き渡る。

照明、徐々に暗転。

（終）

私が一番美しかった時、私のそばには愛する人がいなかった

まもなくあの雪はすべて静けさになる
深く遥かなものに帰るために

登場人物

キム氏　四〇代
お巡りさん　六〇代／二〇代
男（少年）三〇代／七歳
妻（外国人、ひどく太っている）

舞台

閉鎖された海水浴場の小さな交番、
捨てられたパラソル、
錆びたすべり台と海辺のゴミが見えて
遠くの灯台が時折灯りを照らす。

第一幕

手を踏まれれば空を見上げます。

空には魚の群れが飛び回りました。


濃厚な静寂。

時折聞こえてくる風の音、波の音。

窓の外には音もなく雪が降る。

暗闇の中でクリスマスツリーの灯がいくつか輝き、中央にはヤカンの載ったストーブと灯油缶が冷たくなっている。

その横にタイプライターの置かれたテーブルと二つの椅子、壁にはレインコート、懐中電灯、帽子などが掛かっていて、懐中時計が遅い時刻を指す。

（幕が変わる度に、時間が流れていくことを示さねばならない）

時折音は途切れて遠くの灯台の灯りがかすかに舞台に押し寄せる。

下半身の代わりであるゴムチューブ（少し大袈裟に長ければよい）を長く垂らしたキム氏を背負って交番のお巡りさんが登場する。

［訳註］

韓国では、今でも下半身が不自由な人々が、黒いゴムチューブをはいて路上を這いながら物乞いをしている場面に出くわすことがある。この劇に登場するキム氏はそういう体の不自由な人である。

お巡りさん、背負っているキム氏を椅子に下ろす。

お巡りさん　海に這って行くなんてどういうつもりなんだ。

キム氏　雪のせいで前がよく見えなかったんです。

お巡りさん　（盃に酒を注ぎながら）暗くなったら、誰かが通り過ぎる時にあんたを踏むかもしれないじゃないか。

キム氏　慣れてます。
お巡りさん　（窓の外を見ながら）けっこう雪が降るんだな。（盃に酒を注ぎながら）でも気をつけろよ。車にひかれるところだったじゃないか。

お巡りさん、自分の服についた雪を払い落して、タバコを取り出し、口にくわえる。

キム氏　（淡々と）パンツを穿き替えたいんですけど。一日中小便のできる場所が見当たらなかったんです。
お巡りさん　漏らしたのか。
キム氏　（顔を俯けながら）慣れてます。
お巡りさん　でも、どうしよう、俺にも余分のパンツはないんだ。昨日最後の当直だったからね。
キム氏　大丈夫です。パンツ一枚で路上で一週間も持ちこたえたこともあるんですから。
お巡りさん　背中に雪がたくさんついてるぜ。
キム氏　そうですね。
お巡りさん　ちょっと払ってやるよ。

キム氏、首を振る。

お巡りさん　そうは言っても海に這って行くなんてどういうことだ。
キム氏　一日中、都市を這い回ったんです。
お巡りさん　でも、ほら、あんたを背負って連れてきたのは俺さ。

お巡りさん、ストーブの火をつける。

キム氏　手を踏まれると涙が出るんです。
お巡りさん　あれ、痛いのか？
キム氏　少しだけね。
お巡りさん　（タバコを取り出して）一本やろうか？
キム氏　いえ。（もじもじしてから）一本ください。

お巡りさん、近寄ってタバコを一本、くわえさせる。

キム氏　手が震えてますよ。
お巡りさん　（手を見ながら）ひどいだろ。だいぶ前からなのさ。だけどここに来る人たちもみんな手が震えてるけどな。

キム氏、タバコをくわえてぼんやりと窓の外の空を見上げる。

キム氏　人に手を踏まれたら、空を見上げるんです。
お巡りさん　悪いやつらだな。踏んで通るのを当たり前に思ってるんだから。
キム氏　空を魚たちが飛び回ってたんですよ。
お巡りさん　空を魚たちが飛び回ってたんだって？　海に入って泳ぎたかったんだな。人魚のようにさ。死んだからって解決できないよ。
キム氏　僕は泳げないんです。

お巡りさん、波音に耳を傾けるようにしばらくぼうっとする。

お巡りさん　ここは閉鎖された海水浴場なんだ。随分前にな。冬は海岸は立入禁止区域だよ。波音が冷たいだろう。

キム氏　海の中は地面よりあったかいかな？
お巡りさん　ゴムが濡れたみたいだから、脱いでちょっと休めよ。

キム氏、落ち込んで、ゴムの足を眺める。

お巡りさん　ごめんな。気を悪くさせるつもりじゃなかった。
キム氏　だいじょうぶ。
お巡りさん　（自分の盃を渡しながら）寒かったら少し飲むか？
キム氏　酒はあんまり飲めないんです。
お巡りさん　（自分の盃に注ぎながら）生きるのは誰でもおんなじだ。
キム氏　それじゃこれから僕は牢屋に入るのかな。
お巡りさん　タバコを逆さまにくわえてるじゃないか。ちゃんとくわえな。
キム氏　（タバコを見ながら）そうか。ずいぶん久しぶりにタバコをくわえたから。

お巡りさん、キム氏に近づいて水を一杯注いでやる。

キム氏　（コップを受け取りながら）ありがとう。僕はただ人々に踏まれた手が痛くてしばらく休もうとしていたところだったんです。

お巡りさん　そうだったんだ。

キム氏　手を踏まれたら這って前に進めないから。

お巡りさん　（手を見ながら）それで手が水かきみたいに変形したんだな。

キム氏　人が手を踏めば、その足が通り過ぎるまで口を開けてるだけなんです。

お巡りさん　（酒ビンを渡しながら）じゃあ、注いでくれ。一杯くれ。

キム氏　（酒をついでやりながら）取り締まりに引っかかったら、ゴムをはがされて追い出されるって聞いたんです。僕はパンツしか穿いてませんよ。

お巡りさん　そんなことはないだろう。今夜はここに俺しかいないから……。

キム氏とお巡りさん、盃を交わす。
風に押されてドアが開く。雪が降りしきって、積もる。
お巡りさん、ドアを閉めてほうきで雪を掃き寄せる。

（間）

キム氏　毎日夜明けに、僕を背負ってきて路上に降ろしてくれるんです。

お巡りさん　誰が背負ってきてくれるんだ？
キム氏　妻ですよ。
お巡りさん　知り合いなのか？
キム氏　妻を知らない人なんかいますか。
お巡りさん　なんだ。妻があんたに物乞いをさせてるのか。
キム氏　生計のためです。僕にできることをやるんですよ。
お巡りさん　妻が仕事することもできるじゃないか。そしたらあんたは家で休むこともできるし。
キム氏　誰でも事情っていうのがあるじゃないですか。
お巡りさん　妻に背負われて毎日夜明けに、道ばたに出される事情っていうやつか？
キム氏　僕は一度も妻を背負ってやったことがないんです。
お巡りさん　妻を背負ってやれないからっていっても、妻に背負われて生きてはいけないぜ。妻があんたを背負って生きるにしては、あんたはとっても重く見えるんだけどな。
キム氏　少し太ったけど、ゴムを脱げば、赤ん坊のように軽いんです。足がないから。
お巡りさん　それでも重いだろうが。足はどこにやったんだ？
キム氏　そうだ。足はどこに行ったんだろう？　僕は自分の足をどこに置いて来たんだろう？

キム氏、にらみつける。

お巡りさん　ごめん、ごめん。冗談だよ。

キム氏　からかわれるのも慣れてます。世の中に向かって文句をいったこともないですよ。僕が物乞いした金で妻と一緒にパン屋に行ってパンを買ったんです。

お巡りさん　妻の背中に背負われてパンを選ぶ気持ちはどうだった？

キム氏　妻は僕を、所構わずむやみに降ろしたりはしないんです。たった一度お腹がへって僕を背負ったまま道端に座り込んだことはあったけど。僕は、妻の背中でグーグーと鳴る妻のお腹の音を聞きながら、妻の背中に顔を埋めて泣いたんです。

お巡りさん　赤ん坊になった気持ちだったんだろうな。そんな時は背中に背負われて泣いてもいいいぜ。しかし、互いの目を見つめ合うのは難しかっただろうな。

キム氏　しばらくしてから妻は僕を慰めて、飛び起きてまた歩きました。

お巡りさん　背負われながら何を考えたんだ？　いろんな思いが浮かんだだろう。

キム氏　明日は、大変でも人と必ず目を合わせようと、決心しました。

お巡りさん　難しい決心をしたんだ。俺もここで毎日同じ決心をするけど、難しいことだよ。

キム氏　妻は僕をあきらめません。妻は画用紙に色鉛筆で僕の足を描いてくれたりします。

お巡りさん　僕は夢の中で妻を背負って走る夢を見たりするんですよ。
キム氏　そうだよ。あんたは荷物じゃないから大変だからといって捨てられないんだろう。それじゃ毎朝妻がそうやって職場に下ろしてくれるのか？　それから、妻はどこに行くんだ？
お巡りさん　人がたくさん通る道端に下ろしてくれるだけです。それから僕の目に黒いサングラスをかけてくれます。
キム氏　人の目を見ないようにだろう。
お巡りさん　違いますよ、人が僕の目を見たら不愉快になるかもしれないからですよ。
キム氏　ただ、物乞いをさせるんだと言いな、気楽にな。
お巡りさん　そんな浅はかな言葉で妻と僕の間を隔てないでください。残忍に聞こえるから。
　ごめんな、そんなつもりはなかった。けれど、物乞いさせるのは不法だ。知ってるのか。
キム氏　その通りです。僕たちは法の保護を受けられません。一人で道端に這い出て、車にひかれたりトラックの下敷になっても僕たちはゴム扱いをされるんですから。
お巡りさん　そんなこと言うな。あんたは人間だ。自分のことは自分でしなくちゃね。
キム氏　半分はゴムで半分だけが人間なんです。
お巡りさん　体に障害があるっていうことじゃないか。乗り越えなくちゃな。妻とよく話し

キム氏　合ってみなよ。他の方法もあるかもしれないから。
お巡りさん　どんな方法ですか。
キム氏　毎日別れずに暮らす方法があるはずだ。
お巡りさん　あなたはここで多くの人たちが生きようと努力しながら挫折するのを見てきたから、いい方法を知っているでしょう。教えてくださいよ。僕がどうやって、どんな仕事ができますか。妻と毎日別れずに暮らす方法って何ですか。
キム氏　さあ。今すぐは思い浮かばんが……別の道もあるさ。
お巡りさん　いっそ僕を一度背負ってくれて、街にまた降ろしてくれるほうがましです。誰でもみんなそんな風なんだから。
キム氏　毎日奥さんがまた連れに来るのか？
お巡りさん　背負って家に連れて帰るんです。
キム氏　そうやって一日でどれだけ稼げるんだ？
お巡りさん　擦り切れる手袋を買って、卵を買って、トイレットペーパーを買って、ロウソクを買えばそれで終わりです。
キム氏　擦り切れない手袋、無くならない卵、無くならないトイレットペーパー、無くならないロウソクがあればいいのにな。
お巡りさん　もしそんな世の中になっても僕は街にいると思います。

お巡りさん　家族がいるってのはいいことだ。希望はなくすなよ。ここには家族が行方不明になった人たちが一日に何十人も出入りして、結局は家族を見つけるんだ。
キム氏　危機が迫るとアザラシのように絶壁に集まって泣くんですよ。

お巡りさん、酒を注いで飲む。
降りしきる雪に押されてドアが開く。
キム氏、這って行ってドアを閉めてくる。

お巡りさん　ちょっとパトロールして来るから休んでろよ。
キム氏　トイレはどこですか。
お巡りさん　あそこを曲がればあるよ。手伝ってやろうか？
キム氏　自分でズボンぐらいは下げられますよ。だいじょうぶです。
お巡りさん　気をつけな。

キム氏、トイレの方に這って行きお巡りさん、懐中電灯を持って上着を着て出かける準備をする。

キム氏　ある日、雪がこんなにたくさん降る夜に、僕の部屋のドアを開けて入って来たんだ。
お巡りさん　誰が？
キム氏　妻ですよ。
お巡りさん　ほう、甲斐性があるねえ。奥さんを背負って来たようなもんだろ。

お巡りさん、ドアを開けて出て行きキム氏、トイレのドアを開ける。

第二幕

僕はすぐ凍えてしまうだろう。

凍えて瞳が真っ先に割れるだろう。

割れた瞳がガラス玉のように床に転がり落ちるだろう。


海辺の墓地。

墓の周り。

墓の周りをパトロールするお巡りさん、懐中電灯で墓の隣にうずくまっている少年を見つける。

人の気配に気付いた少年、立ち上がってシャベルを持って墓を掘っている。

お巡りさん　（一人で呟くように）おいお前、寒いのにどうして外に出てるんだ。こんな仕事は俺に任せてもう帰りな。お前の暮らしてる場所に戻りな。

お巡りさん、シャベルで土を掘って、掘り返された墓の一つを土で覆う。
降りしきる雪。汗を流す。
少年、墓の裏に行っておもちゃの銃を取り出して、お巡りさんにそれを向ける。

少年　ぱん！　ぱん！

お巡りさん　（おどけて）あっ！　撃つな。撃つな。

お巡りさん、少年を追いかける。

お巡りさん　はあ、あいつ、また逃げた。

（徐々に暗転）

お巡りさん、再びドアを開けて入って来る。
キム氏、椅子に座っている。

お巡りさん　（顔を少し上げて雪を眺めながら）初雪にしては結構降るねえ。トトリムクはどうだ？　食べないか。昨日、あるおばあさんが売れ残りだと言ってくれたやつなんだが。

キム氏、頭を左右に振る。

お巡りさん、冷蔵庫からトトリムクを取り出して電子レンジで温めてくる。

お巡りさん　少し食べな。

キム氏、頭を左右に振る。

お巡りさん　こんなに雪が降る冬には、あったかいトトリムクは本当にうまいぜ。いらないのか？

キム氏、頭を左右に振る。

お巡りさん　（酒を注ぎながら）ところで顔のその足跡はいったいどうしたんだ？
キム氏　（顔を触りながら）人が踏んで通り過ぎたんです。（指を上げて数えながら）一人、二人、三人……。
お巡りさん　冗談だろ？
キム氏　冗談を言いながら歩いてきて、間違えて踏んだりするんです。
お巡りさん　本当か。今度からは人が下を見ないで歩いてきたら避けた方がいい。
キム氏　努力してみます。

風の中に犬の吠える声。
墓の周りにいた少年が窓の外に来ている。

お巡りさん　（耳を傾けながら）あのちっこいのも寒いみたいだな。地下室に閉じ込めておくんじゃなかった。しばらく待ってなよ。餌をやってくるから。

お巡りさん、舞台裏へ消え、キム氏、窓を眺めながら独り言のように呟く。

キム氏　あのね。明日は僕を他の場所に下してくれ。大丈夫？　ああ。心配しないで他の場所に下してくれ。

同じことを聞こえるか聞こえないかぐらいの声で繰り返し呟く。

お巡りさん、入って来ながら服についた雪を払う。

お巡りさん　ひどく降るな。雪が積もれば海辺は白いクジラのように綺麗になるだろう。（呟くキム氏を眺めて）ところで誰とそんなにしゃべっているんだ？

キム氏　妻ですよ。

お巡りさん　あんたは狂ってるって言わせたいのか？

キム氏　僕は彼女を抱いて海の中を見物させてやりました。

お巡りさん　ついさっきは、奥さんがあんたを背負ってくれるって言ったじゃないか。

キム氏　そうです。

お巡りさん　あんたは夢を見てる顔だぜ。そう言えばここに来るまでも、ただただ俺の背中で目をじっと閉じていたじゃないか。

キム氏、お巡りさんの目をじっと眺める。

キム氏　目（［訳註］雪：韓国語では両方とも「ヌン」という同じ発音）を一度触ってみたいんです。

お巡りさん　（少し驚いたように目を近くに寄せながら）俺の目を？　どうしてさ？

キム氏　（窓を眺めながら）違いますよ。あの雪のことですよ。

お巡りさん　冷たいだろうに。

キム氏　（雪を一握り摑んで眺めながら）雪をこう触っていると空の匂いがするんです。空から降ってきたんだからそれもそうだ。ところで、あんた。

お巡りさん　何ですか。

キム氏　あんたは死んだ人が話をするのを聞いたことがあるかい。

お巡りさん　いいえ。いきなりどうしてそんなことを訊くんですか。

キム氏　むしろ聞かないほうがましだろう。あんたが目を閉じて話すのを見ると、まるで死んだ人と話しているみたいだ。もういい。眠たくなったら火の近くで寝るようにしたらいい。あんた、とっても疲れて見える。俺たちはしばらくしたらここから出なくちゃいけない。もうすぐ交代の時間だから。

お巡りさん

波が穏やかに揺れる。

波の音に交わる静かな風の音。

キム氏　（窓を眺めながら）海の中から鐘の音がするみたいです。
お巡りさん　（タバコを取り出してくわえながら）魚たちの鳴き声だろ。

お巡りさん、ストーブに手をかざしてからキム氏のそばに近づいてくる。

キム氏　そんなことどうしてわかるんですか。魚たちの口の中に鐘でも入ってるんですか。
お巡りさん　冬にはよく聞こえてくるんだ。明け方には独りで静かに海を眺めたりするんだ。雪が降れば魚たちは海の底に沈んで口の中の鐘を揺らすっていうんだ。
キム氏　誰がそう言ったんですか。
お巡りさん　俺の妻が話してくれたんだ。
キム氏　鐘を揺らしているんだなあ。

お巡りさん、手で窓についた霜を少し取り払う。

キム氏　ここは暗すぎますよ。
お巡りさん　夜になると海の中の影たちがここまで押し寄せてくるからさ。

キム氏、窓から海をしばらく眺める。

キム氏　人は僕と目を合わせないようにするんです。
お巡りさん　俺の子もそうだった。
キム氏　今、子どもって言いましたか。
お巡りさん　（自分自身を意識したように）いや。それはさておいて。そんなふうに我慢して暮らしたらもっとひどくなるぜ。続けてそんなふうには生きちゃいけないぞ。使い捨ての手袋を買って、卵を買って、トイレットペーパーを買って、ロウソクを買えばおしまいじゃないか。
キム氏　水をください。一日中一口も飲んでないんです。

お巡りさん、ストーブの上にあるヤカンからぬるま湯を一杯注いでやる。

お巡りさん　水は体の中に入ったらすぐに冷たくなるんだが。
キム氏　（ぬるま湯を飲みながら驚いたように）見ましたか。今、誰かが僕たちの頭の上を歩いて行きました。

お巡りさん　誰が？
キム氏　あの音。
お巡りさん　風だよ。

二人は互いを呆然と見つめ合う。

お巡りさん　故郷はどこだい？
キム氏　僕の故郷は、僕の感情なんです。
お巡りさん　美しい言葉だな。だけどつらいな。そんなふうに生きるのは。
キム氏　あなたもそんなふうに耐えて生きてるじゃないですか。

風の音。

お巡りさん　防寒下着は着てるのか？
キム氏　いいえ。
お巡りさん　洗濯したものが一つある。着せてやろうか。ゴムを脱がしてやろうか。
キム氏　いいです。ゴムを脱ぐとひどい臭いがしますから。

お巡りさん　構わないよ。俺はあんたよりひどい格好の人もたくさん見てきたからな。
キム氏　足がないから楽に着せられますよ。見た途端、きっとびっくりするでしょうけどね。
お巡りさん　同情してるわけじゃないってことはわかってるだろ？
キム氏　僕もひねくれてるんじゃないってこと、わかってるでしょ。僕たち、どっちみち無駄な努力はしないほうがいいですよ。
お巡りさん　奥さんの手だけを借りるってことか。わかった。奥さんが戻って来たら、そうしなよ。俺もこの年になって知らない男に下着を着せるなんてことには慣れてないからね。
キム氏　妻は戻って来ないんです。どこかに行ってしまったから。
お巡りさん　どういうことだ？　夕方にはいつもあんたを背負って家に連れて行くって言ったじゃないか。
キム氏　どこかに行ってしまったんです。
お巡りさん　家を出たのか。家出したのか？
キム氏　遠くにです。
お巡りさん　あんたを見捨てたのか？
キム氏　どこかに行ってしまったんです。

お巡りさん　もとはあんたが背負って来た女じゃないのか？
キム氏　ある日家に戻ったら、僕の部屋で横になって寝ていました。僕は驚きました。僕の部屋だったから。妻は驚いた僕を背負って慰めたんです。
お巡りさん　住居不法侵入だったんだな。
キム氏　寝場所がなかったんです。僕の部屋は長い間空いていました。僕は背負われながら妻の話を聞いたんです。数日だけでも居させてほしいと言われて。僕はオーケーしました。人を傷つけるようには見えなかったから。
お巡りさん　背負ってあやしたら誰でも大人しくなる。
キム氏　可哀そうな女なんです。故郷はフィリピンだと言ってました。
お巡りさん　それで一緒に暮らし始めたんだな。あんたを背負ってくれた唯一の女だったんだろう。嬉しかったかい？
キム氏　ええ、嬉しかったですよ。彼女がご飯を用意している時、僕は幸せを感じて、床を寝ころびながらキャッキャッて笑ったりしたもんです。
お巡りさん　女の背中に背負われて泣く気分はどうだった？
キム氏　二度と女性に背負われて泣くことができないっていう気分よりはましですね。
お巡りさん　ところで、ある日あんたを背負って道端で下したあと、二度と帰って来なかったのか？

キム氏　妻を待っていました。同じ場所で全く動かずに。僕を見失わないように。
お巡りさん　道端でどれぐらいそうやって待ち続けたんだ？　貯めておいた金を狙ってやってきたんじゃないのか？
キム氏　それは違います。僕は一文無しだから。
お巡りさん　不人情な女房だな。寝るとき横に転がって心臓の嘘の音を聞くべきだったぜ。訴えるつもりか。
キム氏　人を捨てたって言って、訴えられますか。
お巡りさん　捨てられた者より捨てた者の方が一層つらいだろう。だからといって赦されることじゃないぜ。
キム氏　三日間、寝もせず、食べもせず、排泄もせず、涙を流しもせずに待ったんです。妻に何か起こったかもしれないから。
お巡りさん　結局戻って来なかったんだ。
キム氏　僕は眠ってしまいました。疲れ果てて倒れたんです。目が覚めたら僕の部屋にいました。湿っぽいけれど布団にシカが描かれた僕たちの部屋。
お巡りさん　誰があんたをまた部屋まで運んだんだ？　奥さんが現れて背負って行ったんじゃないのか？
キム氏　最初は、僕もきょとんとしてたんです。どうやって自分が家に戻って来られたの

お巡りさん　か？　知らないうちに夢遊病者のように家まで這って来たんだろうかって？
キム氏　俺もたまに非番の時、酒を飲んで部屋で目が覚めると、そんな気持ちになるときがあるさ。
お巡りさん　部屋を見回してわかったんです。綺麗に掃除された部屋、洗濯済みの下着、パンツ、食器なんか。僕は壁伝いに這い上がり、灯を消して闇の中でじっと横たわっていました。涙が顎まで流れました。翌日、僕は一人で街に這い出たんだです。そして、通り過ぎる人たちの目を眺めました。腹の下から手を取り出して、かごを押しながら少しずつ前に動きました。青信号が見えたら渡って、赤信号になると止まって、黄色の時には前に進むか止まるかを決めなきゃならなかったんです。夕方になればマスクを下げて道に唾を吐きました。
キム氏　愛する人が去ってしまっても悲しみまで一緒に去ったりはしないんだから生きなくちゃな。飯だけは食っていかなきゃな。
お巡りさん　僕はこの街から離れられないんです。少ししか残ってない僕の足では遠くに行けません。
キム氏　少し残った足でも十分だ。誰でも少し残った部分で生きてるもんだ。
お巡りさん　信じられません。僕は海に這って行って死ぬんです！

お巡りさん、腰のあたりから手錠を取り出してキム氏に近づいて、かける。
キム氏、驚いた表情。

お巡りさん　さあ、あんたはこの手で何ができるんだ？　これからは縛られた手なんだぞ。
キム氏　妻の首を絞めた手だったらどうなんです？
お巡りさん　いきなり何言ってるんだ。
キム氏　この手で、夜明けが来るたびに何度も横に寝てる妻を殺そうと思ったんです。そして街に出て行って、車にひかれて死のうと思いました。
お巡りさん　ひねくれてるね。結局はそうできなかったじゃないか。そんな話、するなよ。
キム氏　できませんでした。そんな時、いつも妻は隣で涙を流す僕を背負って街に出て行って、僕を慰めてくれたんです。
お巡りさん　俺も泣く子を背負ってあやしたことがあるよ。ところで、あんたの奥さんはどうしてあんたを置いて立ち去ったと思うんだ？
キム氏　大変だったからです。うんざりしただろうから。できそこないと一緒に暮らすんじゃなかったから。
お巡りさん　あんたにこんなこと言ってもいいのかわからないが、あんたのそのひれを磨いてくれて、脱がせてくれて、頬ずりをしてくれたのは奥さんじゃなかったのか？

キム氏　僕を何と呼んでもかまいません。僕はえらだけで生きてる魚だから。

お巡りさん　誰もあんたから離れた事はないさ。まだ、あんたがそこにいるから。

キム氏　今、僕のそばには誰もいないし、僕は見違えるほどやせていくけれど、世の中は僕とは関係なく過ぎていきます。僕は自分が通り過ぎたすべての道を憎んでます。

お巡りさん　あんたが世の中に嫌われているってばかり考えたら、あんたはいつまでも生きるのがつらいだろうね。それはあんたに少ししか残っていない足とは関係なく起こることさ。そうじゃないか。

キム氏　そうです。僕は体が不自由で、人は僕を不愉快に思うんです。わざわざ言ってくれなくても、それが現実だってことはよくわかってます。自分自身をこれ以上哀れんだりしません。地面にうつ伏せて、残酷な地面を押しながら生きて死ぬつもりです。僕の暮らす地面に誰も唾を吐けないように、僕がこの地面をしっかりつかまえているつもりですよ。

お巡りさん　しかし、あんたは同情が必要な人生を生きてるじゃないか。それを何と言おうと構わないが、街に同情が存在しなくなったら、あんたの一日は保障されないじゃないか。あんたの命は人の同情で保たれてるのを、どうして認めようとしないのさ。

キム氏　戒めなんか口にしないでください。僕は物乞いして食べてるけど、他の人たちの

お巡りさん　感情をくれっていう物乞いはしてないんだから。
キム氏　あんたに投げてやる小銭も、彼らにとっては感情だぜ。
お巡りさん　違います。彼らはただ小銭を投げてくれるだけですよ。僕は感情は受け取りません。
キム氏　その話は、かえってあんたが選べることはあんまりないって言うように聞こえるぜ。
お巡りさん　僕が尻でも振りながら、このひれを振り回して、ありがとうと踊りでも踊ってやらなきゃいけないとでも言いたいんですか。汚ないな、汚ないな。
キム氏　あんたの家にあるトイレットペーパー、ロウソク、色鉛筆に対して、礼を保てっていう話じゃない。ただ、憎しみによって自分の愛するものを破壊しちゃいけないっていうことさ。あんたが持つ人生の能力のうちに、自分の愛するものを破壊する能力を持ちたいってのなら、これ以上言うことはないぜ。
お巡りさん　僕は多くのものを失ってしまったんです。足も、妻も。それに、もしかしたら正しい考え方も失ってしまったのかもしれない。
キム氏　でも、すべてを失ったわけじゃない。そうじゃないか。
お巡りさん　足は少し残ってますよ。十五センチぐらい。あなたならこれで何ができますか。
キム氏　何もできないかもしれないさ。それでも、残ったものをあきらめたりはしないだろう。海へ這って行ったって何も変わんないさ。

お巡りさん　地面に慣れたんです。海にも地面はあるでしょうから。

キム氏　今夜、そんなに悲観的なことばっかり言うつもりなら、よし、望むならゴムを剝いで追い出すこともできるんだぜ。あんたが好きな地面に戻してやるから。生まれ変われるなら、人間じゃなくていっそ魚になるつもりです。泳ぎは上手だろうから。

お巡りさん　魚も人に釣られて掬い上げられたら、同じじゃないか。

キム氏　ちくしょう、縁起でもないです。そんな話、やめてください。

お巡りさん　あんたは独りぼっちだ。人が情けを掛けなかったら、あんたは生きていけない存在なんだ。あんたをいままで生かしてきたのは、奥さんじゃないぜ。人々がめぐんでくれた小銭だ。

キム氏　やめてくださいよ、もう。そんなひどい言葉で人々を監獄に入れてきたんでしょう。これ以上考えたくありません。ちょっとだけ残った足で、もう十分に寂しかったし、口の中まで溢れた涙を呑み込みながら冷たい地面をさまよってるんです。わずかな言葉や気持ちで、僕の足がまた生えるわけでもないんですから。僕はもう何も待ったりしません。

お巡りさん、キム氏の顔にトトリムクを投げる。
コップの水を顔にぶっかける。キム氏、笑う。

お巡りさん　トトリムクみたいな奴め。消え失せろ。

お巡りさん、手錠を解いてやる。

(間)

お巡りさん、戻ってきて椅子に座り、タバコを吸う。
キム氏、ぼんやりしている。

雪の降る音、激しい。

キム氏、ゴムを引っ張って顔を拭く。
お巡りさん、焼酎を飲む。
キム氏、這って出て行こうとする。

ドアを開けたら、ひどい雪だ。
雪をかぶって震えている。
お巡りさん、近づいてドアを閉める。静かになる。
互いをしばらくぼんやりと眺める。
タオルを持ってきてしゃがんで、キム氏の濡れたゴムを拭いてやる。

お巡りさん　外に出るなよ。体を支えられないくらいの雪だ。海まで這って行く前に凍ってしまうだろう。

キム氏　そうです。僕はすぐ凍るでしょう。凍って瞳が一番最初に割れるんです。割れた瞳がガラス玉のように、地面へ転がり落ちるんです。

お巡りさん　わかったから後ろを向きな。

キム氏　ちょっと待ってください、痛い。ゆっくり拭いてください。

キム氏、体の向きを変える。
お巡りさん、後ろ側の濡れたゴムを拭いてやる。

キム氏　さっき、聞きましたか。

お巡りさん　何を。

キム氏　どぶんと。何かが水に落ちた音みたいです。

お巡りさん　また、誰かが身を投げたらしいな。

キム氏　そうだったのなら魚が口の中の鐘を揺らしながら泣くでしょうね。怖いな。

お巡りさん　沈んでいた魚たちが驚くだろうな。ひれを揺らしながら、目を覚ますんだ。

キム氏　出てみないんですか。

お巡りさん　（酒瓶を持って）いや、ほっとけ。一杯やるか。

キム氏　（首を横に振りながら）結構です。（酒瓶をちらと見ながら）ワインですか。

酒瓶を振りながら笑って見せる。

お巡りさん　ワイン、好きなのか。巡察した時、拾ったんだ。寒くなると、近くの墓で寝るやつが多いから。

キム氏、結構だというように首を振る。

キム氏　僕もそんな人、見たことがあります。

お巡りさん　そんな人を見たって？
キム氏　ええ。
お巡りさん　おもちゃの飛行機を持って遊んでいた子どもをか？　まさか、あんたにはあいつが見えないはずだ。だからあんたが会ったというその子どもは別人だろう。
キム氏　僕が知ってるのがその子ですよ。
お巡りさん　あんたが知っていることを言ってくれ。
キム氏　人が僕のそばを素早く通り過ぎる度に、僕は人々が見られないものを見ることがあるんです。
お巡りさん　落ちた小銭？
キム氏　それも見えるし。
お巡りさん　落ちたイヤリングや口紅？
キム氏　それも見えます。
お巡りさん　他に、何が見えるんだ。

キム氏、椅子から降りて窓の方に這っていく。
しばらくぼうっとして窓の外を眺める。

キム氏　密かに落ちた涙です。

お巡りさん　どうしてそんなもんを勝手にあんたの手の甲に落とすんだい。それは家に持って帰ることもできないじゃないか。

キム氏　そうです。密かに素早く拾って、家に持って帰ることもできません。

お巡りさん　そんなものは早く忘れたほうがましだ。自分の道を行かなきゃ、前にな。

キム氏　だれのものでも涙はあったかいんです、手の甲に落ちれば……。

お巡りさん　涙が出るね。どうして海へ這って行こうとするんだ。

キム氏　お腹が空いて、えらを開いて水を飲みたかったんです。

お巡りさん　俺が背負って、ここまで連れてこなかったら、あんたは雪だるまになったはずだ。ヒレ付きの雪だるま。

キム氏　一度でも僕を背負った人は、みんな、僕を下してから去って行ったんです。

お巡りさん　大の大人を背負ったまま育てられる人はいないぜ。あんたは思ったより重いんだ。そしてみんなそれぞれ行く道があるからな。

キム氏　お願いです。僕をまた抱き上げて外に下してください。

お巡りさん　今？　あんたを背負って？

キム氏　そうです。ゴムを脱げば、僕を抱き上げられます。蝶のようにとても軽いから。

お巡りさん　だめだ、今は。外は大雪だし、あんたを抱き上げる力が残ってない。俺は年寄りなんだ。

キム氏、ゴムを脱ぐ。
ほんの少しだけ残っている足。

お巡りさん　やめろ！　何してんだ！　ここはあんたの部屋じゃないんだ！
キム氏　僕はとても軽いんです。すぐに捨てることができますよ。
お巡りさん　いやだね、いやだ。俺、飲酒運転はしない。
キム氏　意地っ張りの爺さんですね。
お巡りさん　俺の社会的な地位を考えてくれ。二人でいても、まだ制服を着ているんだから。
キム氏　酔っぱらいの一人暮らしの年寄りですね。
お巡りさん　誰にも知られずに、海に投げてしまうことだってできるぞ。言葉に気をつけろ。

お巡りさん、ゴムを持ち上げてストーブのそばに置いて乾かしてやる。

お巡りさん　膝がきれいだな。丸くて白い肌がまるで赤ん坊の膝みたいだ。
キム氏　僕の膝を枕にして、一度横になってみてよ。

お巡りさん　なに？　いやいや結構さ。触ったりはしたくない。
キム氏　赤ん坊の膝みたいだって言ったじゃないですか。触ってから、横になってみてよ。
お巡りさん　こいつ、何言ってんだ！　俺は疲れてなんかいないんだ。
キム氏　僕の膝を枕にして横になれば、人には見えないものが見えるんです。知りたがってたじゃないですか。
お巡りさん　後で、後でな。

キム氏、膝で滑るように近づき、お巡りさんの両足をギュッと抱きしめる。

お巡りさん　何してんだ。いやらしい。あっちに行け。まったく。
キム氏　僕が気味悪いんですか。
お巡りさん　いや、それは、あんたが気味悪いって言うんじゃなくて、俺たちの今の姿がね。
キム氏　横になってみてよ。早く。
お巡りさん　わかった。わかった。いや、まったく。俺もいい年こいて……。

お巡りさん、キム氏の膝を枕にする。

お巡りさん　俺たち床の上でこんなことしててもいいのか？
キム氏　僕はいつも地面だったからお巡りさんが地面に少し近づいただけですよ。
お巡りさん　ドアを閉めなきゃ。恥ずかしいじゃないか。
キム氏　僕は一年中恥ずかしいんです。戸締りはいりません。ここをのぞける人は誰もいないから。床は最初は少し不便でも時間が経てば楽になります。窓の外の雪を見てくださいよ。ここから見ると本当に見違えて見えるんです。
お巡りさん　このままだと、眠くなりそうだ。
キム氏　その通りです、床に静かに横になって雪を見ればすぐ眠くなるんです。音もなく空が下りてきて目の奥に積もる気分なんですよ。
お巡りさん　その話も眠い、眠い。
キム氏　降る雪の中に、僕たちの凍えた瞳が入り込んで溶けるんです。

お巡りさん、イビキをかく。

キム氏、頭をなでながら、

キム氏　見て。死んだ鳥が地面に降りてきて横になれずに、空を彷徨ってます。
お巡りさん　(夢うつつだったかのようにむくっと目を開けて) 本当か？

キム氏　見て。あそこ。

お巡りさん　（再び目を閉じたまま）そうさ、雪が降れば……。

窓ががちゃんと開く。

押し寄せる吹雪。

照明、ゆっくり暗くなり雪が風で集まる音。

二人は抱き合ったまま寝入る。

（暗転）

第三幕

教えてくれ。愛って何なんだ?
布団の中でひれをこすりながら遊ぶことさ。

灯台の明かりが交番の中を照らしては消える。
ゴムのひれがドアの外へするすると滑っていく。
交番の中に雪が吹き込んでいる。
引き出しと懐中時計、あちこちに雪が積もっている。

お巡りさん、雪に覆われたまま床に伏せている。
どこからか飛んできた一羽の鳥が羽ばたいている。
窓にぶつかってお巡りさんの背中に舞い降りる。
再び飛び上がって柱時計の穴に隠れる。

窓の外にいた男、室内を眺めながら立っている。
ドアを開けて入ってくる男。

お巡りさん　(男を見て) 誰だい？
男　二晩ここに泊まらせてくれたじゃないか。
お巡りさん　そうだった。ごめんな。最近、記憶力が減退してな、よくうっかりするんだ。(懐からタバコを取り出してくわえながら) ところで、どうしてまだここにいるんだ。
男　おじさんを待っていたところだったんだ。
お巡りさん　(タバコの火をつけながら) 俺を？
男　ここはあったかい。街にいた時は寒かったよ。
お巡りさん　夏と冬の街は違うんだ。自転車のハンドルを握ってみればわかる。(反応がないことを確認してまた) 鉄の感触のことさ、冬に鉄を触れば心がすさむんだ。その感じ、わかるか。
男　おいらの手足はいつも冷たいんだ。
お巡りさん　(近づいて手に触れながら) なるほど。まるで生きてる人間じゃねえみたいだ。ここに来て火に当たれよ。体が温まるぜ。

男、体の向きを変えてクリスマスツリーの灯を触る。

お巡りさん　それはそうと、鍵がなかっただろうに、お前がどうやってここに入って来たのかわかるようでわからんね。

柱時計の後ろに隠れていた鳥を掌にのせる。
窓を開き、鳥を放してやる。

男　風に乗って来たんだ。今晩のようにこんなに雪を降らせる風はあったかいんだ。

お巡りさん　（独り言のように）あわれな女みたいな感じだな。未だにこの世をさ迷っているんだ。しかし、お前の話は信じられないぜ。風で窓が開いた隙に入ってきたんだろう。

男、引き出しから飛行機を取り出して持って遊び始める。慣れた行動だ。

キム氏　（口に懐中電灯をくわえている。ドアを開けて、這って入ってきて）雪が本当にきれいだよ。平和な感じだ。

くわえていた懐中電灯を置く。

三人、しばらく窓の外に降る雪を眺める。

キム氏　（お巡りさんを眺めながら）お巡りさん、僕が人の平安を邪魔したんでしょうか？

お巡りさん　人は不便なことを望まないもんだ。あんたのせいで交通が麻痺することもあるだろうし、それから……唾を自分勝手に道に吐くことも出来ないだろうしな。

キム氏　（頭を下げながら）僕は人生というのはいつも不便なものだと思うんです。

お巡りさん　そうさ。人生はいつも不便なものではあるさ。

キム氏　（体を震わして）少しずつ寒くなりますね。

お巡りさん　（キム氏を見て）酒を飲めよ。それともストーブをもっとそばに置いてやろうか。

お巡りさん、盃を持って窓の方に近づいて来る。

お巡りさん　俺は今日が最後なんだ。

キム氏　（時計を見ながら）じゃ、もう二時間しか残ってないじゃないですか。

お巡りさん　この仕事のことさ。
キム氏　仕事を辞めるんですね。
お巡りさん　辞めろって言われたんだ。確かにそろそろ休む時期になった。よく道に迷うしな。
キム氏　僕も外に出れば、よく道に迷ったもんです。

キム氏、床をしばらく見下ろす。

キム氏　あなた、髪の毛がずいぶん床に落ちてますよ。
お巡りさん　（振り向かずに）ほっとけ。髪の毛は俺と一緒だった歳月なんだ。
キム氏　階段を一つ上がるのも一〇年かかるみたいです。
お巡りさん　（振り返り）あんたにはそうだろうな。俺はこの頃髪の毛がたくさん抜けるんだ。
男　おいらは教会の十字架に座って一人で髪の毛を切るんだ。
キム氏　僕も部屋の中で一人で髪の毛を切ってます。
お巡りさん　戻って行ける家族はないのか。
キム氏　今はね。

外から聞こえてくる鐘の音。

二人、しばらく耳を傾ける。
波のように集まっては散る照明。

男　（床に落ちた髪の毛を拾って）鳥が人の髪の毛をくわえて飛び去れば、その人が夜に飛び回る夢を見るんだ。

男、また隅に行って、飛行機で遊び始める。
隅にある簡易ベッドへ行って布団を整える。

キム氏　あの人は誰なんですか。
お巡りさん　捨てられた人みたいなんだ。それで墓の横で育ったんだ。俺が若い頃から勤務中に、時々遊びに来た。もうずいぶん大きくなった。
キム氏　もう二度と凍って死なせたりしないでよ。
お巡りさん　勿論。その通りだ。（キム氏を眺めながら）あんたを背負ってきたのは、この間、あんたのようにゴムの下半身を引きずって街に出て凍死した奴を思い出したからだ。
キム氏　冬には凍死する奴が多いんです。

お巡りさん　（盃を持って）おばさんだった。まだ綺麗な顔だった。夜明けに街に出て寒さにやられたんだ。後始末するのに苦労したぜ。盲人でもないのにどうしてサングラスをかけたてたんだろう。

キム氏　サングラスをかけるのは、涙がよくでるからです。

お巡りさん　雪の凍り付いた地面を体でこすっていたんだからすごく寒かったんだろう。乾いた魚のように固くなっていたんだ。誰も通報もしないし、身元もわからなかった。誰も通報もしないでただ避けたんだろう。保護者も見つからないし、人情が昔ほど厚くないからね。確かに誰でも明け方にそんなものに出会ったら見なかったふりをする方が楽だろう。ゴムを脱がしてみたら、中には丈夫な足があった。どうしてゴムを穿いたんだろう？　食べていくのが大変で、体が不自由なふりをして暮らす人たちはしばしば見たんだが、丈夫な両足で生活しても他に方法があっただろうに……。

キム氏　固くなった体を伸ばしてやったんですか。

お巡りさん　まるで夢を見てるような顔だった。

キム氏　その人の閉じきれなかった目を見たんですね。

お巡りさん　目を開けたままこぶしをしっかりと握り締めていたんだが、固くなってそれはなかなか開けなかった。そうさ。（キム氏を見ながら）今のあんたのようにね。

キム氏、こぶしを握った自分の手をぼんやりと眺める。

お巡りさん　一週間待っても家族が現われなかったから火葬した。遺骨は職員たちが川辺にまいたと思う。

キム氏　（盃を出しながら）一杯ください。

お巡りさん　（酒を注ぎながら）気をつけな。相当強いぜ。

キム氏　だいぶ強い酒ですね。現場にいたみたいですね。

お巡りさん　（キム氏を注意深く見ながら）死体を遠くから眺めただけだった。

キム氏　遠くからね。

お巡りさん　（酒を注ぎながら）もう少し飲むか？

キム氏　僕は酒が苦手なんです。だけど、もう一杯だけ。

キム氏、酒をもらって飲む。

顔がひどく歪んでいく。

男、ストーブの方に歩いて行って、水を一杯持ってくる。

男　（キム氏に渡しながら）朝日が昇ったのにスズメが電線にじっと止まったままなの

お巡りさん　は凍った足がまだ温まっていないからなんだ。こんなに降ったら水嵩がずいぶん増しただろう。（咳が一、二回出て、どんどんひどくなる）あれ、靴が堅くなった。外に出て油をもっと持ってきてくれるか？

ストーブに近づいて灯油缶を持って、残った灯油を入れた後、外に出る。お巡りさん、懐から薬袋を出して丸薬を口に入れる。咳をする。

キム氏　どこか悪いんですね？

お巡りさん　昔、頭をちょっと痛めた。体が歳月をずいぶん食い尽くしたんだ。

キム氏　家族はいないんですか。

お巡りさん　独りなんだ。

キム氏　息子さんは？

お巡りさん　俺が息子のこと話したっけ？

キム氏　長い間待ってるって言ったじゃないですか。

お巡りさん　そうか。息子は飛行機に乗って遠いところへ飛んで行った。

キム氏　僕は飛行機に乗ったことが一回もないんです。

お巡りさん　あの子が生まれた時、俺は足の指をそっと噛んでやった。手と足の指の数を全部

キム氏　数えたあとでさ。
　　　　かわいかったでしょうね。
お巡りさん　四歳になっても言葉が話せなかったんだ。
キム氏　発育が少し遅れる子も多いんです。僕もそうだったから。
お巡りさん　自閉症だって言われたんだよ。

お巡りさん、咳をする。

キム氏　盃が震えてますよ。
お巡りさん　ほんとだ。

互いの盃をそれぞれぼうっと眺める。

照明、少し暗くなる。
木から雪の落ちる音が静かに聞こえる。

キム氏、ぼんやりと考え込んでいるようだ。

男、中に入ってストーブのタンクに灯油を入れる。
炎が再び燃え上がる。

お巡りさん　何をそんなに考え込んでるんだ？
キム氏　母さんのことです。
男　お母さんがいるのかい？
キム氏　母親がいない人間がいますか。
男　会ってみたい？
キム氏　少しはね。
男　大丈夫。ゆっくり話してよ。
キム氏　母さんは僕の部屋の金魚鉢に金魚をいっぱい入れてくれたんです。僕は金魚たちのひれを一日中眺めたりしてました。
男　かっこいい。

ストーブの側に近づいて手をかざすお巡りさんと男。

お巡りさん　（キム氏を見ながら）あんたは何を信じてるんだ？

キム氏　さあ、何か信じたいものでもありますか。

お巡りさん　わからん。だけど、俺の知らない雪がこんなに降って、見たことの無いこんな冬になるとよく考えるようになるんだ。

キム氏　そんな雪が降れば僕も埋めてください。

お巡りさん　（傍にいる男を初めて見たように振り向きながら）手は温まりましたか。（ストーブを見下ろしながら）ところで、どうやってここへ来たんですか。遅い時間なのに。

男　（もう少しストーブの傍に近づいて）おいらは虫なんだ。言ったじゃないか……。

お巡りさん　あっ。（ボールペンで頭をとんとんと打つ）ごめんごめん。年を取るとうっかりすることがよくあるんだ。

お巡りさん、タバコに火をつける。

男　夜に虫たちが明かりを求めるのは一日中飛び回ったからなんだ。おいらをただ虫だって思ってよ。

お巡りさん　（周りをきょろきょろ見回しながら）そうだな。虫がたくさんいるにはいる。

キム氏　人は虫が気味悪いと思うだけで、虫の翼には興味がないんです。

男　虫は自分で自分を虫だって言わないいんだ。

お巡りさん　なるほど。ほら、それで何かを待ってるって言わなかったか？
男　待ってるとこさ。
お巡りさん　お前は正気じゃないみたいだ。

お巡りさん、テーブルに近寄って酒を盃に注ぎながら男の上下を眺める。

男　毎晩おいらは海の中をゆっくり歩いたりするんだ。
お巡りさん　何だって、パンツがびしょ濡れになるだろうに。
キム氏　妻は一生をパンティー二枚で暮らしたんです。
お巡りさん　（キム氏を見て）変な話だな、俺の女房もそうだったけど……（男を見ながら）もしかしてお前は俺の息子か？
男　おじさんの子はずっと前に家を出たんじゃないの。
お巡りさん　そうだった。息子はとうの昔に家を出たんだ。お前は捨てられたのか？
キム氏　その人はあなたの息子なんだ。
お巡りさん　（笑いながら）そうさ、そいつは俺の息子だ。（徐々に笑いながら）俺、今笑ってるのか？
男　いいえ。泣かないでよ。

止みそうなのに続く犬の鳴き声。

男、時計を見る。午前零時だ。

外からリヤカーを引いてくる。

お巡りさんの前に止める。

時間を確認してリヤカーの荷台に上がる。

お巡りさん　もうすぐ午前零時だ！　遅くなる前に早く乗れ！

男　揺らしてよ。

お巡りさん、リヤカーをゆっくりベビーカーのように揺らしてやる。

男、居眠りを始める。

男　（窓を眺めながら）雪は世界に自分の静けさを少しずつ積んでるんだ。

お巡りさん　坊主、もう寝る時間だ。

男　ええ……もうすぐあの雪は全部静けさになるんだ。深くて遥かなものに戻るために。

お巡りさん　そうそう……寝よう寝よう。

男、こっくりこっくり居眠りをする。

キム氏　（一人で酒を一杯注いで飲みながら）お巡りさん、湯船をちょっと使わせてください。熱い湯に浸りたいんです。

お巡りさん　いい考えだ。ところで、おい、ここには湯船はないぞ。

キム氏　この交番には湯船も無いんですか。寒い人たちの出入りが多いでしょうに。

お巡りさん　海水浴場の共同サウナみたいなものを探すんなら、他を当たってみな。ゴム人間を入れてくれるかどうかは知らないけどね。

キム氏　（落ち込みながら）明日が結婚記念日なんだけど……僕たちは結婚式も上げられなかったんです。

お巡りさん　へえ、忙しかったんだろう。女はそういうの、一生忘れられないんだ。

キム氏　母さんも彼女が好きだったんです。いつも綺麗で太ってる女が好きでした。僕をひょいと抱きあげているのを見て目を細くしてたから。

お巡りさん　お母さんも逃げたのか？
キム氏　目を覚ましたらね。
お巡りさん　（言い返すように）あんたのように這って行ったんだろう。それともお母さんも誰かが背負って行ったのか？

リヤカーで男が寝返りを打つ。

お巡りさん　しっ！　子どもが起きるじゃないか！
キム氏　しっ！　皆そうやって生きていくんだよ。目を閉じて寝返りを打てば楽になるさ。
お巡りさん　スプーンを使えるからといってみんなが人間なんじゃない。憂鬱になる。

キム氏、笑いながら
そっと寝ころぶ。

キム氏　僕たちは夜ごとひれをぶつけ合いながら遊んだんです。
お巡りさん　よかったね。ところで、あんたはひれより髪の毛を切らなきゃ。目がよく見えないよ。

キム氏　妻と僕は部屋で互いに髪の毛を切ったりしました。夜ごとに互いの体を洗ってやりながら、抱きしめ合って寝ころんでたんです。

（沈黙）

吹雪が窓に打ちつける。
リヤカーを眺める。

お巡りさん　これを見ろよ！　雪でいっぱいになってる。外に出てこれを空にしてくるよ。行こう！　墓場へ！　出発！

リヤカーを引いて消える。

（暗転）

街の大雪の中でひどく太っていて、大きな体つきの妻（外国人）が背を丸くして眠っているキム氏を抱き上げる。

周りには誰もいない。

キム氏の部屋の前で立ち止まる。
部屋のドアの前に眠っているキム氏をしばらく下ろす。
ドアを開ける。部屋いっぱいに雪が積もっている。
敷居まであふれている。

妻はシャベルで部屋の入口に積もった雪をかき出す。
再びキム氏を抱き上げて中に入る。
大雪でいっぱいの部屋の中に。

交番の中に雪が吹き込んでいる。
引き出しや懐中時計などに雪がたっぷり積もっている。
闇の中のキム氏、降りしきる雪に覆われたまま、
床に伏せている。
灯台の灯りが押し寄せては消える。

お巡りさん、空いたリヤカーを引っ張って
鼻歌を歌いながら入ってくる。

お巡りさん　（空いたリヤカーを指差しながら）雪はいくら捨て続けてもすぐいっぱいになっちゃうんだ。
キム氏　（立ち上がりながら）全部捨てて来ましたね。寒いな。僕もそこに入りたいです。
お巡りさん　ここに？　あんたは入れない。ここを出なくちゃな。
キム氏　積もった雪の中に埋もれていれば、捨てる時に誰も気付かないでしょう。
お巡りさん　じゃ、ちょっとだけここに入れよ。

お巡りさん、キム氏を抱き上げてリヤカーに乗せる。

キム氏　あったかいです。
お巡りさん　地面よりはましだろう。
キム氏　揺らしてください。

ベビーカーを押すように歩き回りながら揺らしてやる。

お巡りさん　どうだい？　揺らすといい気持ちだろう？
キム氏　耳の中の種が揺れるんです。ひれが揺れるんです。涙の滴が揺れるんです。眠いです……。

キム氏、こっくりこっくりと居眠りを始める。

お巡りさん　奥さんを探していつまで街を彷徨うつもりなんだい？
キム氏　家に金魚鉢が一つあるんです。金魚鉢で小さい魚をこんなふうに（虚空を握る真似をしながら）掌に載せてひれの匂いを嗅いでみました。
お巡りさん　どんな匂いがするんだ？
キム氏　夢の匂いです。
お巡りさん　いい匂いだっただろうな。夢の匂いってどんなかな。写真があれば見てみたいな。

キム氏、懐から一枚の写真を出して渡す。

お巡りさん　（写真を見ながら）よく似合うね。

キム氏　そうですか。
お巡りさん　（写真を見ながら）見栄えがいい。
キム氏　（笑いながら）そうでしょうね。
お巡りさん　愛って何だと思う？
キム氏　闇の中で手をぎゅっと握って暫くこのままでいよう、っていうことです。
お巡りさん　素適だな、もっと話してくれ。愛って何なんだ？
キム氏　布団の中でひれをこすり合わせながら遊ぶことです。
お巡りさん　いいね。俺も知っている。でもこれは花畑で子どもの掌にとまった蝶の写真みたいだけど。
キム氏　（写真を奪いながら）僕たちは生まれてこの方写真を撮ったことがないんです。

写真が床に落ちる。
男が近寄ってきて、静かに拾って渡してくれる。
キム氏、ぼんやりと写真を眺める。

お巡りさん　この写真の中の主人公は誰だい？
キム氏　僕です。幼い頃に母さんがとってくれました。

お巡りさん　お母さんもいたのか？

キム氏　僕は魚じゃなくて人間ですよ。母親がいない人間なんていないでしょ。

お巡りさん　もちろん、あんたはひれがあるだけさ。続けてくれ。この写真の中の蝶はどうやってあんたの掌にとまったんだ？

キム氏　母さんは庭に花を咲かせて、蝶をいっぱい飼ったりしました。

お巡りさん　人が蝶を飼えるなんて、一度も考えたことがない。

キム氏　縁側に腰かけて、一日中、蝶を見てたりしたんです。一日中ですよ。僕が蝶を見ながら何を考えたかわかりますか。

お巡りさん　（盃を飲み干しながら）さあな、日差しがいいから俺だったらずいぶん眠くなっただろうさ。

（間）

キム氏　蝶の柔らかい足首を眺めたりしたんです。（夢見るように）僕の鼻っ柱をさらさらとくすぐって飛んでゆく……（指を上げて虚空を指しながら）糸のように細くて長い……足首のことです。

キム氏、夢想にふけって目を閉じて回想するようにぼうっとしてから居眠りをする。

お巡りさん、リヤカーを止めて、タバコを出してくわえ、リヤカーの横に座る。

お巡りさん　無理するな。盃が空になってるぜ。さあ、もう一杯。

お巡りさん、眠っているキム氏の盃に酒を注いでやる。

目を閉じているキム氏の頬を軽くたたいてリヤカーをひどく揺らす。

お巡りさん　起きろ！　ここで寝入ったらだめだ。

目を覚ますキム氏。

ぼうっとしている。盃を飲み干す。

キム氏　その～……僕はちょっと前に街で、人生とは宇宙のように遥か遠いということを学んだんです。

お巡りさん　また、何を学んだって？

キム氏　僕は靴下を履いた記憶がほとんどないってことも学んだんです。
お巡りさん　それから?
キム氏　蝶の足が長くて美しいということもです。
お巡りさん　それから?
キム氏　人に忘れられたら、生きられるってこともです。

お巡りさん、いきなり硬くなった顔でふいと立ち上がりながら

お巡りさん　やめろ!

リヤカーからキム氏を落としてしまう。
床に滑り落ちるキム氏。

キム氏　(びっくりした表情で)僕がまた何か悪いことでもしたんですか。どうして僕を床に落とすんですか。ひどい。ひどいですよ。
お巡りさん　人生を物乞いするみたいだな。(タバコをくわえて首をぼんやりと揺らしながら)無意味だ。

キム氏　どうしてですか。
お巡りさん　死んでゆく瞬間にどうやって生きるべきだったのか、なんて学ぶのに、果たして時期が適切だったと言えるのかよ?
キム氏　僕はまだ死んでませんよ。
お巡りさん　そうさ。あんたは死んじゃだめだ!

キム氏と男、動きを止め、お巡りさんだけに照明。男、引き出しに飛行機を入れて、扉を開けて去る。

（静寂）

お巡りさん　（盃を飲み干してから）俺、背中に雪がたくさんついているんだ。

キム氏、沈黙

お巡りさん　子どもを失ってから妻と俺は子どもが戻ってこないことを願った。
キム氏　待つことは人を疲れさせますから。

お巡りさん　街に出て探そうとも思わなかった。どうせ俺たちを見てもわからない子どもだったからね。

キム氏　親を見てわからない子はいませんよ。

その子はあの雪片を空って呼んだはずです。

その子は蝶をひれって呼んだはずです。

その子はカモメをモグラって呼んだはずです。

モグラが土を掘りながら天に昇るって言ったはずです。

その子は寒くて手が涙を流すって言ったはずです。

その子は銀河鉄道に乗って緑色と赤色を退けるために行くって言ったはずです。

その子は水をたくさん飲むと魚になるって言ったはずです。

その子はあれを見て……。

波が水に入るって言ったはずです。

座り込むお巡りさん。

お巡りさん　数日後に俺は自分の手で子どもを掬い上げたんだ。

キム氏　手遅れだったんですね。

お巡りさん　暫くして自らこの両手で妻も掬いあげなくちゃならなかった。子どもを捨てたっていう罪悪感のせいで妻も後を追ったんだ。
キム氏　綺麗な雲になってあそこに浮いていると思います。
お巡りさん　俺の手で二人とも掬い上げた。
キム氏　飛行機が水の中から浮かび上がったんですね。
お巡りさん　一生その記憶から自由にはなれないだろう。
キム氏　一人で生きて来たんですね。
お巡りさん　一人でパンツを穿いて、一人でロウソクをつけ、一人で金魚鉢の中の金魚に餌をやってたんだ。
キム氏　どうしてここを離れなかったんですか。ここにはつらい思い出がたくさんあるでしょう。
お巡りさん　死んだ後に俺が彼らを見てわからないんじゃないかと思うと怖いんだ。生きていても記憶が薄れるのに、死んだ後も記憶がなくなってたらどうするんだ？　思い出すために、忘れないために、残りの人生を生きてきたのさ。
キム氏　無理はしないでください。欲が深いんですね。死んだ後も記憶を持っていたいなんて。
お巡りさん　そうさ。俺は欲張りなんだ。

再び照明が射してくると座り込んですすり泣くお巡りさん。
キム氏、お巡りさんの方に近寄っていき、背中を優しく叩いてやる。

キム氏　人はどん底に落ちればその時にはじめて自分の胸が一番温かいということを学ぶんです。大丈夫ですよ。

お巡りさん　数十年会えずに過ぎたんだ。

キム氏　(笑いながら) 泣く姿があの子と似てますね。

お巡りさん　(キム氏を抱いて泣いては笑いながら) 本当か？　そうかそうか。

男、再び扉を開けて入ってくる。
ほうきで扉の前の雪を掃く。
お巡りさん、簡易ベッドに行って腰を下ろす。
息が荒い。

男　爪がずいぶん伸びてるね。おいらが切ってやるよ。

男、机から爪切りを取り出してお巡りさんの爪を切ってやる。

お巡りさん　（手を差し伸べる）ありがとう。あの人の爪も切ってやってくれ。
キム氏　僕は爪を噛みちぎったので爪が残ってないんです。
お巡りさん　だったら足の指の爪でも切ってやれ。垢がたくさんたまってるだろうからな。
キム氏　（笑いながら）僕は足の指に爪があったことがないんですよ。
お巡りさん　（笑いながら）俺のやつを分けてやろうか。
キム氏　汚ないじゃないですか。
男　（お巡りさんの手を離しながら）そっちの手も出して。
お巡りさん　（手を差し出しながら）ありがとう。
男　爪がずいぶん傷んでるね。
お巡りさん　（子どもを叱るように）当たり前だ。毎晩噛みちぎってるからな。痛くないように切ってくれ。
男　（爪を整えてからふっと吹いて笑いながら）わかったよ。
お巡りさん　（手を外しながら）ああ……くすぐったいぜ……。

照明、徐々に波が引くように暗くなる。

（暗転）

キム氏は口に懐中電灯をくわえて再びゴムチューブを着て窓辺の方に這って行く。
男は椅子に座っていてお巡りさんは横になる。
男が布団をかけてやる。

お巡りさん　どこへ行くつもりだ？
キム氏　（懐中電灯で窓の外を照らしながら）星をちょっと見てこようと思います。人は暗くなると星を探すんです。でも星は昼間でもいつもその場所にいます。
男　星も結局近くまで行けば冷たい石の固まりに過ぎないのさ。
キム氏　そんなこと言うなよ。涙が出るから。

男、懐中電灯を受け取って自分も星を照らしてみる。
お巡りさんも懐中電灯を受け取って一回照らしてみる。

キム氏　地面がからからに乾いていて、泳ぐのが難しいです。

男、明かりをつける。窓を開ける。風が吹き込む。
風を感じたように目を閉じる男。

男　もう行こう。
お巡りさん　うん、そうだな。ちょっと待って。

男、お巡りさんを抱きかかえて背中に背負う。

お巡りさん　（立ち上がってストーブの近くに行き、火を確認しながら）あんたの言った通りだ。この地は乾き切って泳ぐのは難しい。それでもあんたはもう少し生きなくちゃな。（柱時計を見ながら）あれ！　ちょっと下してくれ。最後の交代の準備をしなくちゃ。

男、お巡りさんを下してやる。

男　（窓を眺めて）もうだれもここには来ない。休んでよ。

キム氏　外を見てよ。もう雪が止みました。僕がここに来た最後の人なんですか。光栄ですね。

お巡りさん　あんたに罪はない。もう自由だ。家に帰っていいよ。

キム氏　僕みたいな人間をまた救わなくちゃならないんでしょ。あの子のようにここに住まわせてください。墓の傍に住みます。なんでもやりますから。

お巡りさん　明日になったらこの交番は永久に消えてしまうんだ。海水浴場も閉鎖されたしな。これ以上手をつけることができないんだそうだ。使い道がないって判定が出たんだ。

キム氏　夏には遠く南の暖かい海から流れて来るパイナップルを掬い上げることもできるのに。

お巡りさん　俺はここで何かやったってものがない。卑怯にも年ばかり取ったんだ。

男　死んだカモメを掬い上げたじゃないか。

男、リヤカーに載せてきた雪を床にこぼす。足跡を付ける。
お巡りさんも近づいてきて足跡を付ける。
キム氏も這ってきて手形を押す。笑う三人。

お巡りさん　さあどこへ行こうか？
男　時間になった。飛行機に乗らなくちゃ。
お巡りさん　すごく遠いところみたいだな。今夜はもう少し酔いたいんだけどね。
男　もう行かなくちゃ。雪はもう空に戻らなきゃ。

お巡りさん、寂しくテーブルの上のボールペンや書類をいじり回す。
机の上を片付けながら何かを掴む。

お巡りさん　（思い出したように）そうだ、忘れるところだった。これを持って行きな。

お巡りさん、キム氏にヘアピンを渡す。

キム氏　どうしてこれを僕にくれるんですか。
お巡りさん　あんたがくれたものさ。
キム氏　そうでしたか。
お巡りさん　形を覚えてるか？
キム氏　露店で五百ウォン（五〇円）で買った水色のヘアピン。

男　魚の背に舞い降りた一匹の蝶だね。

キム氏、しばらく掌に置かれたヘアピンを眺める。

お巡りさん　賢いな。（服装を整えて）行かなくちゃ。ところで俺はこの頃家に帰る道も忘れたりするんだ。

キム氏　僕はどこに行けばいいんですか。

お巡りさん　アザラシのキスをもらいに行きなよ。

お巡りさん、高笑いをする。
キム氏も男も続いて笑う。

男　（近くに来て笑いながら）そろそろ出ようか。

お巡りさん　負んぶしてくれ。

男　ああ、負んぶしてあげるよ。

お巡りさん　（笑って）大丈夫か？　背負ってもらうのは久しぶりだ。

男　（笑って）到着するまでおいらの背中で眠りなよ。

お巡りさん、男に負ぶさる。

お巡りさん　（笑って）重くないか？
男　（笑って）そんなことないよ。軽いよ。
お巡りさん　（だだをこねるように）飛行機の音を一度出してみてくれ。
男　ぶうん、ぶうううーん。
お巡りさん　ぶうん、ぶううーん。
キム氏　気を付けてよ。背中に雪がいっぱいです。
お巡りさん　変なこと言うなよ。

（間）

お巡りさん　俺たちどう見える？
キム氏　プルコギブラザースみたいだ。
お巡りさん　この寒い季節に訪ねてくる昆虫や鳥なんかいるか？
キム氏　天気によって椿は香りが変わるんです。今日は雪の中に咲いた椿の香りが実にいいです。

男、お巡りさんを背負ったまま舞台の裏のドアに歩いていく。

ドアの前でふと止まって

お巡りさん　ほら、送るのはつらかっただろ。

キム氏　……。

お巡りさん　それが人生さ。

風の音。

舞台の床から徐々に水が上がってくる。

交番が水に浸かっている。

ゴムのひれが少しずつ外に消える。

時計の針が止まる。

（終）

作家のことば

本書に載せた二篇の戯曲は、すべて私の詩劇に対する作業から産み出された産物である。私は私自身の夢に毎晩のように登場する。それがあまりにも鮮明なので、時々夢の中でもそれが嘘のように感じられる。

あなたも生活しながら自分の夢が嘘でないことを願いつつ、毎日奮闘していると私は信じる。私たちの生は皆、自分の生きてきた分だけ消えているからである。

戯曲を書く仕事は、俳優の声を想像することから始まる。

私の書いた言葉が日本語に訳されて俳優の声となる時、この戯曲は舞台の上の一つの事件になることだろう。そこにいかなる愛が生まれるかが気にかかり、大きく期待している。

そして、翻訳に尽力してくださった韓成禮先生に、深く感謝を捧げたい。

詩劇論

金經株《キムギョンジュ》

一〇年以上、詩劇運動に励んできた。人々は絶えず私に問いかける。「あなたが進める詩劇運動とはいったい何なのか」と。大学路[1]の小劇場や弘益大学近くの小さなクラブにまで地道に活動を行ってきた。少し前には、ナビジャム[2]（＝蝶の眠り、於：世宗文化会館Mシアター）という劇を通じて失われた母性を蘇らせ、忘れられた我らの子守唄を詩劇で復元しようと試みた。詩劇運動は、母国語に対する愛情から始まった運動でもある。現在は、権威や秩序を象徴する父性の時代である。私は言葉を取り扱いながら、母性に関心を持つようになった。国語と母国語は異なる。国語が言葉を整とんしたものならば、母国語は自分が否定しても自然に受け入れるようになるもの、例えば子守唄や胎教の際の胎談などがこれに当たる。

詩劇は沈黙の質を表現する劇運動である。詩とは言葉で表現できるものより、表現できない部分を書く作業であると思う。それで詩劇とは、象徴・間隔のような詩の属性の生きている劇である。ストーリーや速度の偽装に窒息していく劇の流れの中で、詩劇は物語の目的性より物語の可能性を探る。何よりも言語が人間の中に生きているドラマを目指す。

芸術は他者との差異をつくるものではなく、この世界に遮られた、この世界の持つ別の真実、あるいは別の次元をつくっていく作業である。詩劇は、私たちの心の中で動いていた古い感情の自然な姿を発見することである。沈黙は詩劇に忍び込んで生きる苔である。詩集の中には詩人が入れてもいないコオロギが入って鳴いたりするように、詩劇の中には演出家や作家の意図しなかったボア蛇やゾウが舞台に登場して、はい回ったり歩き回ったりする。詩と演劇は私にとって、まるで双生児のように一体であると、私はよく口にしてきた。それは詩と詩劇の差異というより、共存の地を説明する道だからである。詩劇を生かす仕事は、私にとって詩運動と劇運動に対して献身するようなものである。

詩が言語の密度に集中する方式ならば、詩劇は詩的な言語で出会う空間との呼吸の問題に集中することである。詩は言語で言語を空にするのであるが、詩劇は言語で空になった空間をつくるのである。詩を初めて書き始めたときから、詩劇は私にとって重要な文学的関心の一つであった。これは、私の作品世界に足を踏み入れた読者には、それほど違和感のない話である。しかし依然として多くの人々にとって、詩劇は違和感のあるジャンルである。でも、難しく考える必要はない。詩劇とは、劇と同じ戯曲であるが、詩的ドラマのある舞台なのである。詩劇とは、演劇のセリフが詩の形で書かれた戯曲のことをいう。ポエティック・ミュージカル（poeitc musical）と言っても差し支えない。散文的な流れであるが、中心となるのはライムと韻文である。T・S・エリオット原作の『キャッツ』も詩劇だった。十二匹の子猫について書いた詩集（『ポッサムおじさんの猫とつき合う法』）から出発したことはよく知られた話である。その話が初めは詩劇として上演され、その後ブロードウェイの手を経てミュージカルになった。シェイクスピアの劇も、武勲詩と呼ばれる詩劇からその胎動が見られる。最近は詩劇をまるで実験の一部のように扱っているが、詩劇を通じて沈黙の生きた質を表現する作業は、むしろ詩と演劇の本質といえる。

木目細かなストーリーテリングの強調される現在の雰囲気の中で、詩劇の立つ場がますます狭くなっている現状は残念極まりない。親切にすべてのストーリーを見せてくれる物語に押されて、詩劇は舞台を手放さなくてはならないためである。多面的な次元で、演劇舞台がバランスを失っていく姿を目にしながら、私は詩的な演劇に対する渇望を放棄することができない。子守唄が人類の最も原型的な歌と言えるように、詩劇は人間の無意識に入り込んだライムである。詩劇はその母性の言語を探して行くリズムを放棄しないための作業である。詩劇は絶滅させてはいけない。食べていくのに忙しい、という理由で、詩がまるで贅沢や感情の産物のようにされてもいる。しかし、私たちの言語の核心が生きている劇もなくてはならない。詩的な沈黙と行間が舞台に上がることに対する私の片想いは続くであろう。私たちの言葉は、まさに私たちの息なのだから。

［訳注］

（1）ソウルの東大門に近い学生街。小劇場が多い。

（2）ナビジャム：眠る赤ん坊の頭の上に妖精が舞う姿を、蝶に例えて表現した言葉。「ナビ」は蝶、「ジャム」は眠りという意味である。

【解説】リズムの再発明
——金經株詩劇『オオカミは目玉から育つ』及び『私が一番美しかった時、私のそばには愛する人がいなかった』

許《ホ》熙《ヒ》

リズム（rhythm）を「再発明」すべきである。私はかろうじて世の中で粘り強く耐えて生きる一人というだけであるが、文学的な生のための難題は固有のリズムを探す事と常に関連していると信じる。いまや最小の投入による最大の産出と最適な効率性を要求する経営論理のはびこる時代である。他人より速く疾走してこそ、優位を占めることができる。ところが比較不可能な速度を誇るこれらのリズムは、不思議なほどに同一である。取り替えることのできる同じリズムである。それぞれの個別的なリズムは跡形もなく消えてしまった。これが、文学的な生と対比される機械的な生である。けれども本来人間は不明確であり、不完全であるしかない。どうしようもなく、私たちは機械よりは文学に近い存在でる。

それ故、リズムを再発明すべきである。私たちが機械でなく人である限り、欠けた所のない千篇一律を欠陥だらけの不協和音へと転換して肯定する必要がある。完全な機械的成功を止揚し、まともな文学的失敗を目指すこと。これこそ今日の文学のできることであり、また、すべきことの一つであると思う。ある人たちは、詩で、小説で、戯曲で、批評でそれを行っている。詩人であり劇作家である金經株はどうかと言えば、「詩劇」でそれを行っている。詩劇は、彼の詩的方法と劇的運動の融合したジャンルであり、彼自らが明かしたように、「詩劇はその母性の言語を探して行くリズムを放棄しないための作業である」。（金經株、『詩劇論』）裁断されていない言語、無意識の起源に遡ることは、特有のリズムと関連する。

ここで、『オオカミは目玉から育つ』、そして『私が一番美しかった時、私のそばには愛する人がいなかった』をざっと眺めつつ、金經株詩劇の姿をごく簡単に検討してみようと思う。

『オオカミは目玉から育つ』は、彼が初めて書いた詩劇である。作家の言葉によると、この作品はオオカミの吠え声（野聲）で、オオカミの本来的存在（野性）を回復しようとする母子の姿を描いている。いつなのか想像もつかない未来に核戦争が起こって地球は荒廃するのだが、地球に暮らす者たちは人間でありながらオオカミの姿をしている。ここで中心となるキャラクターは、母親と息子である。子どもを売り、殺人を犯し、二人はただ生きるために苦労する。一見すると『オオカミは目玉から育つ』は、理解不能な残酷劇のように見えるかもしれない。

しかしここで、万人の万人に対する闘争――お互いが共に相手にとってオオカミである自然状態を規定した政治哲学の命題（ホッブズ）を思い浮かべてみよう。すると、この作品は空虚に抽象的な言葉の遊びを行っているのではなく、今日の現実の本質的な作動原理をアレゴリー化している、ということを知ることができる。金經株の詩劇は常に私たちの基盤となる生を念頭に書かれている。そのために、どれほど超越的に見えても、彼の描いた世界は私たちの暮らす現実と関係なくつくり上げられているとは言えないのだ。実際、『オオカミは目玉から育つ』の解題で、彼は次のように書いている。「生計を心配して、どうやって食べていくかを極めようするこの母子の姿は、実は貧しい小市民である私たちの姿と何ら変わらない」。

そういう点で、詩劇は特殊な言語で普遍の生に介入する詩的でありながら劇的な活動であるという性格を持っている。

同時に金經株は「奇形」の主宰者として、すでにつくり上げられた世界の外へ跳ね飛ばされることを詩劇で試みている。彼は世界を創造した造物主の摂理と背馳する所に位置して、世界から排除される効果を狙う。最初の人間アダムとイブが絶対者の姿を模った標本であったことからもわかるように、キリスト教の神は「見て良きもの」の創造主なだけであった。それで奇形は創世記に誕生しなかった。金經株は作品を書いて信じ込むことによって、非正常的なものに生命力を吹き入れる。造物主の作品リストにはなかった「奇形」を生む出産の苦痛を、金經株はかつてこう告白した。「肛門から流れ出た血を拭きながら、私はよく泣いた。私はその思い出を大切にしている」。彼の血痕が点々とはめ込まれた作品の窓から中を覗き込むと、神の創った世界の外が揺らいでいる。

「両腕なしで生まれた彼は風だけを描く画家だった／口に筆をくわえて誰も知らない風たちを／彼は紙に描き入れた／人々は、彼の描いた絵が何の形なのかわからなかった（……）／彼は、子宮の中に置いてきた／自分の両手を描いていたのだった」。両腕なしで生まれた息子は、金經株の書いた「外界」という詩とつながる。画家である息子は忘れられないとでもいうように、まだ子宮から奪い返せていない両手を、絵に描いて取り返そうとする。それを奪ってくる相手、すなわち敵は、画家自身を誕生させたこの世界の全てである。しかし世の中で五体満足に生きている人々は、「彼の描いた絵が何の形なのかわからなかった」ために、そういう事実をはっきりと認識できないのだ。画家である息子は「誰も知らない風たち」を描く。

「私が一番美しかった時、私のそばには愛する人がいなかった」は、彼の描いた風の跡の一つである。このタイトルはウォン・カーウァイ（王家衛）監督の映画の中でも、特に指折りの詩的作品とされる『楽園の瑕（東邪西毒）』に出てくる台詞であるが、西欧圏には「時間の灰（Ashes of time）」として紹介された。「私が一番美しかった時、私のそばには愛する人がいなかった」をタイトルとして、金經株は自分の詩劇が時間でなく、時間が尽きて残った灰を題材にしたということを明らかにした。雪の降るクリスマス、落ちた所は海辺の交番。どういう訳か、天使は降臨せずに墜落してしまった。彼は、翼だけでなく脚まで失う。厳かに人間を見下ろしていた天使は、天での記憶を忘却し、人間の視線より低い位置から人間を見上げるようになった。

これは「キム氏」のことである。「半分はゴムで、半分は人間」になった彼は、下半身にゴムをくくりつけて地べたを這い回り、人の世に揉まれる。人に踏みつけられる度に、彼は空を見上げる。現在、人間になったキム氏は忘れてしまったが、天に自分のとどまった時代の残像が微かに残っているために、彼は空を見上げる。彼は体を引きずって海に向かう。至高の天と地底の海は鏡のように向かい合っている。回転する丸い地球の上下をひっくり返すと、空は海となって海は空になる。転倒した世界で飛翔と沈潜は同じ形の動きである。「お巡りさん」の答えがこれを傍証する。「海に入って泳ぎたかったんだな。人魚のようにさ」。

けれども警官としては、キム氏が海に向かうのをやめさせるしかない。救援と死に対する無視は重なり合うためである。パトロールで巡回していたお巡りさんは、キム氏を背負って交番に戻る。再び路上に帰らなくてはならないキム氏にとって、そこはしばらく休む停留所に過ぎないがそこで発話することで、彼は孤立した存在にはならない。お巡りさんはキム氏に供述を強要せず、彼らは共に「対話」を交わす。天から落ちた天使は、上半身だけが残った人間になった。食べていく方法が他にないので、彼は妻の背中に負われていつも夜明けに街に出て物乞いをする。お巡りさんは乞食をしているキム氏を憐れに思い、生計を立てる他の方法を探すように勧める。すると彼はこう問い返す。

「あなたはここで多くの人たちが生きようと努力しながら挫折するのを見てきたから、いい方法を知っているでしょう。教えてくださいよ。僕がどうやって、どんな仕事ができますか。妻と毎日別れずに暮らす方法って何ですか」。お巡りさんは明確な回答を提示しない。ただ、家族があるのはいいことだと言って、希望をあきらめないよう激励する。お巡りさんの言葉通りに家族が希望なら、妻はキム氏の希望である。だから「妻は僕をあきらめません」とキム氏が断言しているのは、彼が希望をあきらめていないという意味ではなく、希望が彼をあきらめていないという含意である。楽園にいる天使には無用な、楽園の向こう側にいる天使には切実な、絶対的な希望である。希望の原理は、絶望と幻滅を動力とする。

以上のように私たちは、短くはあるがリズムを再発明した金經株詩劇の二つの事例を検討した。リズムを再発明した作品は、読者（観客）に潜在していたリズムを奮い立たせ、そうして慣れない形に配置されたリズムが、単調な生を独特な生に変える。そうするには、何よりも独特なリズムを体現した「詩的な（poetic）」要素が必須でなければならない。これはまた、金經株の書いた詩劇の大部分が、陰地に属している者たちに焦点に合わせているという事実とも結びつく。彼の具現した疎外された者たちの詩劇（poetic drama）は、疎外された者のための詩的正義（poetic justice）へと移行する。詩劇は劇と正義のつながり得る条件であり、結論でもある。そういうわけで、金經株の痛切な訴えに、もっぱら同意せざるを得ないのである。「詩劇は絶滅してはいけない」。

[著者]
金經株（キム・ギョンジュ）
1976年、全羅南道光州生まれ。西江大学哲学科を卒業し、韓国芸術総合学校音楽劇創作科の大学院課程を修了した。2003年、ソウル新聞新春文芸に詩が入選して文壇デビュー。2015年には東亜日報新春文芸に戯曲が入選して劇作家として文壇デビュー。その後、数年間はゴーストライターとして活動し、官能小説作家、コピーライター、インディペンデント映画会社勤務などを経ながら、様々なジャンルの作品を書いてきた。
現在、韓国詩壇で最も注目される若手詩人の一人で、「現代詩を率いる若き詩人」、「最も注目すべき若手詩人」に選定された。2006年、第一詩集『私はこの世界にない季節である』を出版し、詩集としては珍しく30刷以上というベストセラーとなり、文学界だけでなく大衆にも新鮮な衝撃を与えた。この詩集は、「韓国文学の祝福であり、呪いである」、「韓国で書かれた最も重要な詩集」などという評価を受け、さらに「未来派」という新しい文学運動を起こして注目を浴びた。詩だけでなく、小劇場「演劇実験室恵化洞一番地」で、作品「オオカミは目玉から育つ」を発表して劇作家としても活動を開始し、現在自分のアトリエ「flying airport」で演劇、音楽、映画、美術を立体的に交えた方式を導入して、詩劇実験運動を行っている。「2009、世界文化オリンピック、テルピック大会」に韓国代表として選出され、言語芸術詩劇部門の最終審査までノミネートされた。彼の作品は、アメリカ、フランス、メキシコなどで地道に翻訳・舞台化されている。
著書として、詩集『奇談』、『時差の目を宥める』、『鯨と水蒸気』などがあり、エッセイ集『PASSPORT』、『密語』、『寝ていて、そばにいるから』、『パルプ・ファクション』などがあり、戯曲集として、『ブラックボックス』、『蝶の眠り』など、多数がある。〈詩作文学賞〉、〈今日の若き芸術家賞〉、〈金洙暎（キム・スヨン）文学賞〉などを受賞した。本書に掲載された戯曲「オオカミは目玉から育つ」は、韓国文学史では絶滅してしまった詩と劇の原型的結合を模索し続けてきた詩人金經株の最初の戯曲作品で、核戦争以降の未来世界で生き残ったオオカミ人間たちが野生の鳴き声（野聲）を回復する過程における人間存在の本質的世界観を詩劇の形を通じて、寓話的に、そして不条理に表現した作品である。この作品は、「演劇実験室恵化洞一番地」での2006年の初演以来、「独特で魅惑的な想像力」という評とともに現在も続けて公演されている。

［訳者］
韓成禮（ハン・ソンレ）
1955 年、韓国全羅北道井邑生まれ。世宗大学日語日文学科及び同大学政策科学大学院国際地域学科日本専攻修士卒業。1986 年、「詩と意識」新人賞受賞で文壇デビュー。1994 年、許蘭雪軒文学賞受賞。詩集に『実験室の美人』『柿色のチマ裾の空は』『光のドラマ』などがある。鄭浩承詩集『ソウルのイエス』、金基澤詩集『針穴の中の嵐』、文貞姫詩集『今、バラを摘め』ほか、多数の日本語翻訳詩集と、辻井喬『彷徨の季節の中で』、村上龍『限りなく透明に近いブルー』、宮沢賢治『銀河鉄道の夜』、丸山健二『月に泣く』、東野圭吾『白銀ジャック』ほか、多数の韓国語翻訳書がある。現在、世宗サイバー大学兼任教授。

［解説］
許熙（ホ・ヒ）
1984 年、ソウル生まれ。成均館大学国語国文学科を卒業し、同大学の国語国文学科大学院博士課程に在学中。2012 年、季刊『世界の文学』新人賞評論部門に、「感覚的境界人の政治的思索――金經株論」と「残酷な世界：青春のテーゼ――キム・サグァ、ユン・イヒョン、パク・ミンギュの小説に現れた青春の様態」が入選し、文学評論家として活動を開始。教保（キョボ）文庫の文学ポッドキャスト「浪漫書店」の司会者を務め、文学や映画に関する文を書き、話すことを仕事にしながら暮らしている。

オオカミは目玉から育つ

2018 年 5 月10日　初版第 1 刷印刷
2018 年 5 月20日　初版第 1 刷発行

著　者　金經株
訳　者　韓成禮
発行者　森下紀夫
発行所　論創社
〒101-0051 東京都千代田区神田神保町 2-23　北井ビル 2F
tel. 03（3264）5254　fax. 03（3264）5232
web. http://www.ronso.co.jp/
振替口座　00160-1-155266

装幀／宗利淳一
組版／フレックスアート
印刷・製本／中央精版印刷
ISBN978-4-8460-1728-6　